Fan
ファン文庫

JN103015

江ノ島は猫の島である

著　鳩見すた

マイナビ出版

目次

ワガハイは猫である
Enoshima is an island of cats

吾輩《わがはい》は猫である。名前はワガハイ。

眉間から腹にかけての毛は白く、耳や背中は黒と薄灰色のトラキジ模様である。なぜか尻尾の先だけは黒いが、それでいてがちゃがちゃしている印象はなく、調和が取れた美しい毛並みと言えよう。

ところで『吾輩は猫である』などと始めると、すわ名作の盗用かと思われる向きもあるかもしれない。

そういう御仁《ごじん》にまず言いたいのは、小説は人間の読み物だということである。語り手が猫であるなら、まずそれを伝えねば公平とは言えまい。

あえてそこを伏せる叙述《じょじゅつ》トリックなる手法もあるが、吾輩はミステリー作家ではないのである。

というか猫である。そもそもペンが持てぬ。

ただ小説には詳しいゆえ、こうしてそれらしく語れるという話である。

話が少々脱線した。

ともあれ吾輩が主張したいのは、冒頭の言葉は盗用ではないということである。

証拠を示そう。

吾輩はかの有名な猫氏と違い、れっきとした名前がある。

冒頭にも述べたが、吾輩の名はワガハイである。

いま笑った諸兄姉《しょけいし》もおられよう。しかし安心していい。吾輩は寛容な猫なので、そんなことでは怒らない。

だいたい吾輩の周辺には、もっと愉快な名の猫がごまんといる。

そもそも人間という生き物は、マロンやら、大福やら、しらたまやら、猫に甘ったるい名をつけがちである。

年配者であれば、茶々丸《ちゃちゃまる》やら三代目やら、時代がかった名で呼ぶ傾向が高い。

たぶんに人は、愛着を持って猫に接したいのであろう。

ゆえに甘味や時代劇といった、自分に好ましい物の名を授けるのである。

とはいえそれは、あくまで飼い猫の場合である。

吾輩たちのような地域猫、すなわち地域住民が世話をしてくれる半野良的な存在になると、いい塩梅《あんばい》の名はもらえない。

なにしろ数が多すぎる。

見た目でミケ、クロ、シロ、トラなどと呼ばれるのはましなほうで、ひどいのになるとその場の思いつきで、ジョバンニやらレオナルドやら、縁もゆかりもない西洋の名をつけられるものだ。

おまけに地域猫は、人によってつける名が違う。吾輩だって、かつてはニャン吉《きち》などと呼ばれていた。

では誰が、ワガハイなどという奇妙奇天烈《きてれつ》な名をつけたのか。

その者の名は、「草見《くさみ》した」と言う。

本人も恐ろしくふざけた名だが、もちろん本名ではない。

いわゆるペンネームというやつである。草見先生は小説家である。

この辺りで、ピンときた者もおられよう。

例の名作において、猫の飼い主は苦沙弥《くしゃみ》先生という教師である。

草見した氏も職は違えど、同じく先生と呼ばれる手あいである。

ゆえに先生はかの名作になぞらえて、吾輩をワガハイなどと呼んだのであろう。

つまり冒頭の言葉は、いわゆるリスペクトである。パクリではないのである。

そんな草見先生だが、歳は七十だか、八十だかだった。まあ老人である。

妻君《さいくん》はすでに先立っていたので、一緒に暮らしていた人間はいない。

先生はいつもこのあばら家で書生机に向かいつつ、万年筆を鼻の下にはさんだり、原稿用紙で紙飛行機を折ったり、吾輩を膝に載せて背中を撫《な》で、にこにこと昔の小説の面白さを語ったりしていた。

やがてそういう所業に飽きてくると、下駄をからころ鳴らして外へ出る。

先生の家は江《え》の島《しま》にあった。

江の島は神奈川県の藤沢《ふじさわ》市から地続きの、周囲を海に囲まれた陸繋島《りくけいとう》である。その大きさは、東京ドームとかいうものの八個分らしい。

よくわからぬが、吾輩の足でも一日かからず一周できる広さである。

そんな小さな島を、先生は飽きもせずよく散歩した。

吾輩を供に仲見世通《なかみせどお》りを歩き、江島神社《えのしまじんじゃ》に参拝する日もあれば、稚児ケ淵《ちごがふち》でぼんやり海を眺めたり、綾野《あやの》のじいさんを訪ねて将棋を指したりする日もあった。

あるいはそこらでひなたぼっこしている猫を相手に、構想中の小説を語って聞かせたりもする。要するに自由人である。

ところで江の島は猫の島である。

住民が数百人であるのに対し、我ら猫族は多いときで千匹以上が、自分たちの額のように狭い島内に暮らしていた。

いまは少々数が減ったが、まだまだ犬も歩けば猫に当たる島である。

閑話休題。

吾輩が言うのも妙だが、先生はさながら猫のようにのんびりした人であった。

おかげで馬があったというか猫があったというか、吾輩は半野良でありながら、飼い猫のごとくに先生と一緒の時間をすごしてきた。

それゆえに、目下の吾輩は烈火のごとくに憤慨しているのである。

いや別に、先生に腹を立てているわけではない。

過去を振り返る語り口でわかると思うが、先生はすでに故人である。

やっこさん、「明日は焼き魚を食おう」と言った翌朝にぽっくり逝ったのでぬか喜びをさせられたが、吾輩はそんなことでは怒らない。

自慢の髭《ひげ》を引っ張られても、魅惑の尻尾を踏まれても、吾輩は決してむくれたりはしない。先生がほかの猫に吾輩のカリカリをやったときだって、一週間ほど家に立ち寄らなかっただけだ。吾輩は気立てのいい猫である。

ではなにに対して業腹《ごうはら》かというと、現在の先生の処遇である。

ふざけた思いつきとはいえ、ワガハイという名をくれたのは先生であった。

感謝とまでは言わないが、知己《ちき》としては線香の一本もくれてやりたい。

先生の墓は江の島の外にある。とはいえ弁天橋《べんてんばし》を渡ってすぐのところだ。霊園なる場所も先生の膝に似てなかなか落ち着ける場所なので、吾輩はちょくちょく訪れては、両の肉球をぺたんとあわせて墓石を拝んでいた。

そうこうするうち、吾輩は気づいたのである。

先生が往生《おうじょう》なすって、そろそろふた月。

にもかかわらず、誰も墓参りにきた形跡がないのである！

先生はぼろ家にひとりで暮らしていたが、息子もいれば孫もいた。

やつらは藤沢に住んでいるので、盆暮れ正月と遊びにきては騒がしく、吾輩はずいぶん辟易《へきえき》させられたものである。

逆を言えば、猫から見ても草見家の家族仲は悪くなかった。

なのに先生が逝ってしまうと、墓前に花の一本も供えようとしない。

まこと人間は、猫より薄情な生き物である。

草見先生の頭の中は、いつも物語でいっぱいであった。しかしそれらを文字に変える体力が衰えてからは、吾輩に語って聞かせてくれた。

すべての話が物書きの晩年に相応《ふさわ》しい、というよりも先生らしい、家族や島の猫たちをモデルにした優しい作品であった。

なのに、嗚呼《ああ》――。

その物語に登場する家族がかように薄情では、亡き先生も浮かばれまい。

ゆえに吾輩は、怒るというより嘆いているのである。

吾輩は親の顔を知らぬ。どこで「にゃあ」と産声を上げたかも定かではない。

気づけばこの島に多くいる、地域猫の一匹だった。

しかるに吾輩を育ててくれたのは、青々と広がる相模湾《さがみわん》と島民である。

だが産んでくれた母殿には、いつも感謝していた。いまの吾輩が面白おかしく生きていられるのも、この世に生を受けたからこそである。

「吾輩のような猫ですら親に感謝するというのに……情け深いはずの人間が、死んだらそれまでとはどういう了見か！」

ばしばしと、吾輩は猫手で先生の机をたたいた。

「いかん。ここにいると先生が不憫でならない。気分転換だ」

吾輩は散歩に出ることにした。

先生を偲《しの》んで江島神社でも参ろうかと、仲見世通りへ向かってとことこ歩く。

九月に入ったが、江の島はまだまだ暑い。

観光客の出足も衰えず、土産物屋《みやげものや》や飲食店の前には人だかりができている。

「やあ、ワガハイ。相変わらず窮屈《きゅうくつ》そうな顔だね」

人の足を避けて歩いていると、顔なじみの猫とばったりあった。

「たわけ者。それを言うなら偏屈……誰が偏屈だ！」

「ワガハイは、相変わらず気難しいなあ」

「ふん。クロケット、そっちはなにやら楽しそうだな」

からっと揚がった衣のごとき茶トラゆえか、島民はこいつのことを「コロッケ」と呼んでいた。

しかしまるで肥えていないからか、どうもしっくりこない。やがて誰かが「クロケット」と西洋風に言い換えたところ、なんとなくそれが定着した。

洒落者を気取るクロケット自身も気に入っているようだが、とどのつまりはじゃがいもノライである。

「わかる？　今日はマドンナと、七秒も見つめあったんだ」

クロケットが目を閉じて、うっとりと顔を弛緩させた。

マドンナはいわゆる深窓の令嬢である。クロケットなどとは違う本物の西洋猫で、屋敷の窓からいつも物憂げに海を見下ろしている。その絹のごとくに美しい毛並みと、まばゆい宝石のような緑の瞳に、恋い焦がれている地域猫は多い。

「ほどほどにしておけよ。相手は所詮《しょせん》、飼い猫だからな」

いくら入れこんだところで、半野良の地域猫とは触れあうこともできない。

「わかってるってば。ああ、そうだ。飼い猫と言えば、綾野のじいさんのところに見かけない猫がいたな」

「ほう、新入りか」

綾野のじいさんは、先生の将棋仲間である。どっちが上手ということもなく、駒を動かしながら小説談議や家族の話をする、言わば茶飲み友だちだ。

「まだ子猫だけどね。雪みたいに真っ白な子だよ」

「ふむ。綾野のじいさんが、世話をしているということか」

そういえば、最近じいさんを見かけていない。

じいさんも先生と同じく、猫をいたわる人である。吾輩の顔を見るとすぐにカリカリを出してくれるし、こたつ布団をめくってくれもした。

「じいさんじゃなくて、若い男だったよ。でも綾野のじいさんと同じで、なにも言わなくてもエサをくれるいいやつだった。しかもすごくおいしかった」

はてと、吾輩は首をかしげる。

じいさんも、先生と同じくひとり暮らしのはずである。

それゆえふたりは、互いを気にかけていた節があった。

しかし先生の葬儀では、綾野のじいさんの顔を見ていない気がする。

「若い男というのは、じいさんの家族なのか」

「さあ、そこまではわからないよ。あ、僕はそろそろ行かないと。これから『モチ』とデートなんだ」

にやりと笑い、クロケットは鼻歌交じりに去っていった。

「やれやれ。また背中に傷を作るなよ」

同じオスの吾輩が見ても、クロケットはかわいらしい顔立ちをしている。昨今の猫界隈は人のそれと同じで、雄々しさよりも愛くるしさがもてはやされた。

クロケットは生まれ持った面相を活かし、十二分に生を謳歌している。ほめられたものではないが、気まぐれな猫にしては芯の通った珍しいやつである。

「さて。こっちは綾野のじいさんの家にでも寄ってみるか」

このところ墓参りばかりで忘れていたが、じいさんは先生の友人である。

先生亡きあとは、代わりに顔を見てやるくらいはすべきであろう。

「それに物わかり、というか猫わかりのいい綾野のじいさんだったら、吾輩の意思を汲んでくれるかもしれんしな」

じいさんなら先生の墓参りをするよう、子孫を説得してくれるかもしれない。

そんな淡い期待をしつつ、吾輩は民家の塀にひょいと飛び乗った。

1

『ひとり暮らしで自炊をすると、かえって高くつく』

世間ではまことしやかに言われているが、それはなにをどれだけ作るかによる。

そう思いつつ、俺は自作のそぼろ大根を口へ運んだ。

「うまいな。ちゃんとできてる」

畳敷きの六畳間に、自分の声がかすかに反響する。

かつて祖父が暮らしていた日本家屋の居間には、巨大な座卓以外には家具らしい家具がない。家具以外でも、あるのはせいぜい仏壇くらいだ。

「初めてにしては上出来だ」

自画自賛しつつ、箸を進める。

甘辛く炊いた鶏ひき肉。そのうまみと油が染みこんだ大根はとろとろで、大根葉《だいこば》を炊きこんだ飯とよくあった。汁かけ飯でおかわりしたい誘惑に駆られる。

「いや、それはやめておこう」

普段から筋トレはしているが、三十路も近い二十八。寄る年波が気にはなる。

俺は断腸の思いで、大根サラダに箸を伸ばした。

「これもうまいな。じいちゃんに感謝だ」

サラダのドレッシングは、祖父が漬けていた梅干しをたたいて作った。

「そういえば『塩梅』という言葉の語源は、昔の調理において梅酢と塩の加減がちょうどいいことらしいぞ」

じいちゃんから聞いた話だが、それも友人の作家からの受け売りだったはずだ。

「大満足だ。これなら自炊をずっと続けられるな」

五本で三百円の大根を、二分の一本。

少々の鶏ひき肉と、茶碗に大盛りの白米。

食事のコストは、おそらく五十円程度で収まっているだろう。

とはいえ、作るにはそれなりの時間がかかった。

この年齢までまともに料理をしてこなかったので、レシピ動画を見ながら一時停止と再生をくり返している。おかげで朝から作り始めたのに、ほとんど昼食と言っていい時間になっていた。

「だが、こうして安くてうまい飯が食える」

ひとり暮らしの自炊が高くつくのは、割高な食材で少量を作るからだろう。安い材料で時間と手間をかければ、働き盛りの胃も十分に満足させられる。

もちろん労働者にはそんな時間も体力もないが、俺には両方あり余っていた。

「なにしろ無職だからな」

満腹したので、茶を飲みながら庭に目を向ける。

障子を開けた縁側の窓越しに、実が熟し始めた柿の木が見えた。

「さて、片づけるか。明日も質素な暮らしを心がけよう」

台所へ皿を運んで洗い、一杯分のアイスコーヒーを作って戻ってくる。

縁側に座って窓を開け、コーヒーをひと口する。

ほろ苦さを楽しみつつ、ほっと息を吐いた。

「いい天気だな」

九月の江の島は、まだまだ夏と言っていい。

しかし秋の訪れも近づいているのが、葉の色づきでわかる。

「いまのうち、夏の海を見納めしておくのもいいな。散歩でも行くか」

つぶやくと、頭上で「にー」と返事があった。

さっきから俺がしゃべっているのは、ひとりごとではない。

自分からは見えないが、俺の頭上には生後数ヶ月と思しき白猫が載っている。

いまから二ヶ月前、じいちゃんがひょっこり亡くなった。

ばあちゃんは十年近く前に他界しているから、じいちゃんはこの家にずっとひとりで暮らしていた。

子どもの頃は、俺も祖父母になついていた。しかし大人になると、近所であってもそうそう会いにくる機会もない。だからじいちゃんの死は寝耳に水で、そう感じること自体が申し訳なかった。

当時の俺は都内でひとり暮らしをしていたが、ちょうど仕事を辞めて引っ越しを考えていた。そこでいまさらの無沙汰《ぶさた》を詫びるように、家賃のかからないこの家へ越してきたのが三日前。

小さい頃はよく遊びにきていた玄関の引き戸を、なつかしい気持ちで開ける。

すると上がりかまちで迎えてくれたのは、白い子猫だった。

子猫は甘えた声で俺の頭へよじ登ると、そのままつむじに居座った。

困った俺がそろりと立ち上がっても、子猫はまったく動じない。

試しに歩いてみると、前足を踏ん張って落ちまいと頭にへばりついている。

子猫だからか重さは感じず、爪も短いのか痛みもない。

生活する上で不自由はなさそうだし、不自由があって困る生活でもない。

そこで俺は猫に「つむじ」と名づけ、一緒に暮らすことにした。

「おまえは、どこからきた猫なんだ」

頭上に尋ねても、当たり前だが「にー」と甘えた声しか返ってこない。

江の島でそこらにいる猫は、すべて野良ではなく「地域猫」だ。

猫は島の観光資源でもあるので、住民やボランティアが共同でエサやりをして、病院に連れていって適切な処置を施している。

ゆえに島の猫が繁殖することは、基本的にない。

ではつむじはじいちゃんが飼っていた猫なのかというと、はっきりしなかった。

台所に猫缶はいくつかあったが、子猫用ではなかった。おそらくはほかの地域猫に与えていたものだろう。

家の中を探したが、つむじを購入、ないしは譲り受けたという記録もない。

「本当に、謎が多い猫だな」

起きているときのつむじは、おおむね俺の頭上にいる。特に粗相をするようなこともなく、まさにつむじの辺りにぺったり腹を乗せている。

鏡を利用して様子を見ると、目を閉じて眠っていることが多い。

夜のつむじは俺が敷いた布団の上に丸くなり、朝になるとやはりにーにーと鳴きながら頭によじ登ってくる。

たまに姿が見えないときは、じいちゃんの部屋で本に囲まれて眠っている。

まあ猫は「寝子《ねこ》」が転じたという説があるくらいなので、寝てばかりいてもおかしくはない。

問題なのは、つむじがいつも俺の目の届く範囲にいるということだ。

この家に引っ越してきた日、俺は五本で三百円の大根と、子猫用のレトルトチキンを六十食二千円で買ってきた。

が、つむじはまったく口をつけてくれなかった。

人間の飯よりも高級だぞと説明しても、まるで興味を示さない。

涙をこらえてエサをキャットフードにしてみたり、ネットを参考に流動食なども作ってみたが、やはりつむじは頭上から降りてこなかった。

つむじが口をつけなかったエサは、ふらりとやってきたコロッケみたいな色の猫が喜んで食っている。どこの世界にも世渡り上手はいるものだ。

そんなわけでつむじはエサを食べないが、腹を空かせている様子はない。

俺の背中を駆け上がるさまは軽快で、病気の片鱗も見受けられない。

つむじは俺が寝ている隙に、どこかでなにか食っているのだろう。

すでにかなりの出費を強いられているので、そう思うしかなかった。

「まあ人間が猫を理解しようとするのが、愚かなんだろうな」

頭上を指でふにふにとつつくと、小さな手がじゃれついてくる。謎も多いし言葉も通じないが、話し相手がいる生活は悪くない。

「その通りだが、貴様は誰だ」

ふとそんな声が聞こえて、思わず視線を上に向ける。

まさかと思ったが、もちろん猫がしゃべるわけがない。つむじは相変わらずにーにーと、俺の指にたわむれている。

では誰の声だと、立ち上がって部屋の中を見回した。

誰もいない。この家には俺しか住んでいないのだから当然だ。勝手に上がりこんでくるのは猫くらいで、人が訪ねてくる予定もない。

それなら外かと庭に目を向ける。

すると柿の木の下に、一匹の猫がいた。

つむじのエサをもらいにくる、例のコロッケ猫ではない。

おそらくは日本で一番よく見かける、背中が灰色と黒のキジ白だ。

キジ白は瞳孔を縦に細め、誰何《すいか》するようにこちらを見ている。

「貴様、なぜ頭に猫を載せている。綾野のじいさんはどこだ」

ぞわりと肌が粟立った。

脳裏に「化け猫」という三文字が浮かぶ。しかし思い返すと、聞こえた声と猫の口の動きは、一致しているわけではなかった。猫がにゃあと鳴いたとき、塀の向こうで誰かが声を重ねただけかもしれない。

「驚いたな。いましゃべったのは、おまえか」

子どものいたずらと見当をつけ、だまされたふりで様子をうかがう。

「まるで吾輩の話が聞こえているような口ぶりだな。気味の悪い人間め」

再び猫の口が動いた。

その声はブロック塀の向こうではなく、まさに猫のいる辺りから聞こえてくる。

トリックがわからない。

虚勢を張るように、口が勝手に動く。

「『吾輩』とはまた古風、というかベタな猫だな」

そう返した瞬間、猫が「ゴャア！」とわめいた。

「き、貴様、吾輩の言葉がわかるのか」

下敷きでもこすりつけたみたいに、猫は全身の毛を逆立たせている。言葉と同期したその反応に、俺も思わず聞き返した。

「待ってくれ。本当におまえがしゃべっているのか」

「『おまえ』ではない。吾輩の名はワガハイである」

ふっさり毛の生えた胸をそらせ、猫が誇らしげに名乗る。

「……参ったな。自覚はあったが、俺は思った以上に重症らしい」

いろいろあって会社を辞めたのだから、心が弱っているのは間違いない。とはいえ猫と会話する幻を見ているなら、もはや通院すべき症状だ。

「貴様がなにを言っているのかわからん」

ワガハイと名乗った猫が、人間くさく鼻を鳴らした。

「悪いな。俺も自分がよくわからない」

幻覚を見るのは初めてだが、突拍子がなさすぎて順応が難しい。

「吾輩と話せるということは、貴様は猫又《ねこまた》の類《たぐい》か」

「猫又というと、猫の妖怪だな。いわゆる化け猫か」

子どもの頃、児童書で読んだ。

二本の尻尾が生えた猫のイラストは、妙に生々しくて怖かった記憶がある。

「左様《さよう》。猫は長く生きれば、人にも化けられる」

「残念だが、俺に猫だった過去はない。というかたぶん、ワガハイだって俺が頭の中で勝手にしゃべらせてるんだ。認めたくないが、これは妄想なんだろう」

疲弊した心が癒やしを求め、猫がしゃべる世界を作って逃避している。

それが現状を説明できる唯一の可能性で、目の前のワガハイはなにも考えていないはずだ。本当の名前もニャン吉なんかに違いない。

「なにを阿呆《あほう》な。吾輩に限らず、猫はおおむね人の言葉が——」

「言わなくていい。妄想に整合性なんて求めない」

「まだ吾輩がしゃべっているのだから口をはさむな。猫は人の言葉がわかるが、人は猫の言葉がわからない。これが道理というものだ。だから吾輩はさっきから、貴様はなんだと聞いておる」

俺の妄想にしては、ワガハイの理屈はややこしい。

そして向こうは向こうで、俺と会話が成立することに驚いている。

それはなんというか、空想のメリットである都合のよさが感じられない。

猫がしゃべるこの状況が、現実ということもあり得るのだろうか。

「ワガハイ、いったん情報を整理させてくれ」

試しに別の可能性を探ってみる。

「ふん。こちらも望むところだ」

「いま俺たち、つまり人間と猫は会話を成立させている。この認識は正しいか」

「うむ。摩訶不思議《まかふしぎ》ながら、その通りである」

「この現象は、俺が猫語を理解できるようになったのか。それともワガハイが、人に通じる言葉をしゃべるようになったのか」

俺の脳は、ワガハイの口が動く以上に多くの情報を受け取っている。

わかりやすく言えば「にゃあ」と鳴いたひと声を、『摩訶不思議ながら、その通りである』などと、都合よく解釈しているわけだ。

だから真っ先に妄想を疑った。しかしこの点に納得のいく説明が得られれば、別の可能性を考慮しなければならない。

「わからぬのなら、試してみればよかろう」

ワガハイがあごをしゃくり、俺の頭上を示した。

「なるほど。つむじ、ちょっと鳴いてみてくれ」

指を伸ばしてくすぐると、つむじはいつもの甘えた声で鳴いた。

「俺には『にー』としか聞こえなかった。となると、ワガハイのほうが化け猫か」

「そんなわけあるか！　吾輩はまだそんな歳ではない！」

ワガハイが威嚇するように、しゃーっと声をだす。

「ますます化け猫っぽいな。俺を食うつもりか」

「たわけ！　吾輩が猫又だとしても、貴様のように食えない輩《やから》を食うものか。待っておれ。こっちも試してくる」

そう言うと、ワガハイはひょいとブロック塀に飛び乗った。

ちょうど塀の向こうの道を、子どもたちがしゃべりながら歩いている。

「止まれ、人の子。吾輩の声が聞こえるか」

ワガハイが話しかけたが、猫を見慣れた地元の子どもは足を止めもしない。

「やはりな。吾輩が猫又などということはありえん」

再び庭に降り立ったワガハイが、勝ち誇るようにあごを上げる。

「となると俺とワガハイの間でだけ、言葉が通じるということか」

そう思ったが、これもまた違っていた。

「あ、ワガハイだ」

ブロック塀を伝ってきた黒猫が、庭のワガハイを見下ろしている。

「おお、ミャイチか。いいところにきた、すまんが、ちょっとこの人間に話しかけてみてくれんか」

ワガハイが、俺に向けてあごをしゃくった。

「嫌だ。ミャイチの見ない顔だ。それにどうせ通じない」

「そう言うな。吾輩とミャイチの仲であろう」

「……ワガハイはいいやつだ。ミャイチは世話になった。一回だけだぞ」

ミャイチと呼ばれた黒猫が、こちらにくるりと顔を向ける。

「おい、人間。おまえは誰だ。ここは綾野のじいさんの家だぞ」

俺は両手で顔を押さえ、そのままうなだれた。

「ほら、通じない。ミャイチの言った通りだ」

黒猫が不服を表すように、ぶるぶると頭を振る。

「……残念ながら、通じてるよ。俺はミャイチの言うところの、『綾野のじいさん』の孫だ。名前は小路《こうじ》。字は小さい路《みち》だ」

俺が答えた瞬間、ミャイチはさっきのワガハイのように「ゴャア！」と叫んで、尻尾をぷくりとふくらませた。

「こいつ、化け物だ！　猫人間だ！」

涙目になった黒猫が、大声でわめきながら逃げていく。

「ふむ。どうやら猫又はそっちのようだな、コミチ」

まるでにやりと笑うように、ワガハイが目を細めた。

「俺の名前はコウジ……いや、もうなんでもいい」

ミャイチは言葉選びや口調において、ワガハイとは違う個性があった。

となると口の動きと受け取る情報量に差があるのは、俺が猫の表情や仕草も言語として翻訳しているためと考えられそうだ。

俺は自分の想像力を超えた情報を、猫たちから受け取っている。

ゆえに妄想という可能性は消え、ひとつの結果が導きだされた。

「俺は、猫の言葉がわかるようになってしまったのか……」

縁側で肩を落とすと、頭上のつむじが落ちまいと後ずさる。

「なんだコミチ。猫は嫌いか」

ワガハイが庭から近づいてきた。

「いや、むしろ好きなほうだ。じいちゃんも猫好きだったしな」

とはいえ猫と話せる状況は、手放しで喜べるものでもない。いままでにない変化が起きたのだから、俺はなんらかの異常をきたしていると考えるべきだ。

「であれば悩むこともなかろう。吾輩にとっても好都合だ」

足下にきたワガハイが、きちんとお座りして俺を見上げる。

「なんだよ。なにか人類に対して、訴えたいことでもあるのか」

「そんな大げさな話ではない。まず聞くが、綾野のじいさんはどこだ」

「それは……天国かな。じいちゃんは二ヶ月前に亡くなったよ」

「なんと！」

ワガハイの目が、かっと見開かれた。はしばみ色の瞳の中で、黒目がきゅうっと細くなっている。

「だからこの家には、三日前から俺が住んでるんだが……くっ」

こらえていたが、くつくつと笑いが漏れた。

「コミチ、なにがおかしい。不謹慎だぞ」

「悪い。なんか人間と話してるみたいでさ」

猫も人間も、驚いたときは同じ顔をする。そこに言葉が加わると、動物番組におけるアテレコのようなおかしみがあった。

「気味が悪いことを言うな。空気を読め。それにしても、嗚呼……綾野のじいさんまで逝っていたとは……」

ワガハイの丸めた背中に、しみじみと惜別の念を感じる。薄情な孫などよりは、晩年のじいちゃんと親交があったのかもしれない。

「すまない。配慮が足りなかった。ワガハイ、よかったら上がっていってくれ。仏壇に顔を見せれば、じいちゃんもきっと喜ぶ」

俺が子どもの頃のじいちゃんは、いつも猫たちに囲まれていた。『おじいさんは人間よりも猫が好きだから』は、先に亡くなったばあちゃんの口癖だ。

「いいのか。吾輩は猫であるぞ」

「猫だから、こそさ」

ワガハイが遠慮している様子なので、俺はタオルで足を拭《ぬぐ》ってやった。


「まさかじいさんが、先生と同時期に逝っていたとはなあ」

仏壇の遺影を見上げ、ワガハイがしみじみと背中を丸める。

「先生って、草見さんだよな。じいちゃんの小説仲間だったと聞いてるが」

じいちゃんは小説家ではなかったが、草見先生とは懇意にしていたようだ。

先生に書くことを勧められ、性にあったのか、晩年には同好の士と同人誌まで出版したと親父が話していた。

「うむ。ふたりとも、にこにこと明るいじじいだったな。将棋に小説と、老いらくの青春を楽しんでおった」

ワガハイが猫手で顔をなんどもこすっている。毛繕《けづくろ》いなのだろうが、泣き顔をごまかしているように見えなくもない。

「ありがとな。ワガハイの顔を見て、じいちゃんもきっと喜んでるよ」

「ふん。コミチに礼を言われる筋あいはない」

ぷいと顔を背ける仕草には、猫らしさが垣間《かいま》見《み》える。

「そんなことより、コミチはなぜ猫の言葉がわかるのだ」

「さあな。こっちが知りたい」

いぶかしげに見つめてきた瞳から、俺はさりげなく目をそらした。

「本当か。吾輩には、心当たりがありそうに見えるぞ」

「猫に人間のことなんてわからないだろ」

ワガハイはなかなか鋭い猫だ。あるいは猫だから鋭いのか。

実際のところ、心当たりは本当にない。

俺は単に傷つき逃げてきた過去を、あれこれ詮索されたくないだけだ。

「しかしよかったな、コミチ。猫の言葉がわかるのは便利だぞ」

「そうかな。俺には有用な使い道が思い浮かばないが」

「にゃあと鳴くだけでカリカリが出てくれれば、コミチは猫たちから重宝される」

「俺はおまえらの下僕じゃない」

猫は気まぐれな生き物だからか、「自分はお世話をさせていただく召使い」だと卑下する飼い主は多い。

まあ対象が一匹、二匹であればそれもいいだろう。

しかしここは千匹近い猫たちが暮らす島だ。まともに相手をしていたら、俺の生涯は猫の奴隷で終わってしまう。

「もちろんコミチにもいいことがある。吾輩たちの言葉が理解できれば、真の『吾輩は猫である』が書ける。望むなら、吾輩がモデルになってやってもいい」

猫はただでさえ尊大に見える。それが髭を自慢するように顔を上げるものだから、いまのワガハイは人で言うところの「ドヤ顔」だ。

「あの話は、猫の視点を借りた漱石《そうせき》の風刺が面白いんだ。それに肝心のつむじの言葉がわからなければ、役に立つ力とは言えない」

「コミチは、その子猫の言葉を理解したいのか」

「ああ。エサを食べない理由が知りたい」

ついでだからと、ワガハイに事情を話してみる。

するとさっきまでうっすら警戒していた猫の瞳が、次第に丸くなった。

「よいか、コミチ。吾輩にだって、つむじの言葉はわからん」

「そうなのか」

「うむ。猫の鳴き声はおおむね二十種だ。しかしコミチはかなり細かいところまで、吾輩の意思を汲み取れておる。おそらくは、コミチが表情や仕草も加味して猫語を独自に解釈しているからであろう」

それについては、俺も同じ見解だ。

「じゃあなんで、俺はつむじの言葉だけ理解できないんだ」

「吾輩と同じ理由であろうな。なにしろつむじは、まだ赤子である」

「ああ……そういうことか」

人間だって、赤ん坊の泣き声は言語化できない。乳児は表情筋も発達していない。

俺がつむじの言葉を理解できないのは、単純に相手が子猫だからのようだ。

結局のところ、仕草や表情で多少は言語の補完ができても、コミュニケーションにおいてもっとも重要なのは言葉ということだろう。

「思いは口にしなければ伝わらない、ってことか」

「なんだ、コミチ。なにか引っかかるのか」

「いや、なんでもない」

猫や赤ん坊だけでなく、人間の大人同士でもよくある話と思っただけだ。

「それとな、コミチ。つむじは同じ猫の吾輩が見ても、元気そうであるぞ」

「本当か」

「吾輩は嘘は言わん。つむじは顔色も毛艶もいい。きっとコミチの寝ている間に、なにかしら食っておるのだろう」

そう聞いて、少し気が楽になった。

「ありがとう。こうやってワガハイからつむじの様子を聞けるだけでも、ないよりあったほうがいい能力かもな」

「うむ。これも綾野のじいさんの縁だ。これからも、ときどき顔を見にこよう」

「そうしてくれると助かる」

「心得た。では、さらばだコミチ」

ワガハイが軽やかに庭へ飛び降りた。

そうしてブロック塀に向かってジャンプしかけたところで、

「──って、違うわ！」

にゃっと、こちらを振り返った。

「猫も人間も同じだな。前の会社にも、いまのワガハイみたいにセルフツッコミをするやつがいたよ」

俺は声を抑えて、くつくつと笑う。

「やかましい！　吾輩を人間扱いするな！」

しゃーっと両手を掲げて威嚇するさまは、さすがにネコ科の威厳があった。

「で、なにが『――って、違うわ！』なんだ」

「いちいちまねをするな！　違うのは、その、吾輩はそもそも、綾野のじいさんに用があったんだが……」

ワガハイは気まずそうに、視線をさまよわせている。

「遠慮するな。俺に頼みがあるんだろ」

「う、うむ。まあ無理にとは言わんが……」

「つむじの件もある。とりあえず話は聞くさ」

「ありがたい。仏頂面《ぶっちょうづら》のわりに、コミチはいいやつだな」

「ああ。よく言われる」

ワガハイがくしゃみのように、ぶふっと吹きだした。

「面白《おもしろ》人間め。気に入ったぞ。それではどこから話そうか――」

縁側に飛び乗ったワガハイは、草見先生とその家族について語り始めた。

2

「意外だな。コミチはもっと渋るかと思ったが」

つむじを頭に載せたまま、俺はワガハイと一緒に江島神社の参道を歩いている。

この状態で目立たないのだから、さすがは猫の島といったところだろう。

「墓参りくらいするさ。じいちゃんが世話になった人だしな」

先生の墓に誰も花を供えないのだと、ワガハイは俺の膝に手を置いて嘆いた。

草見先生がいる霊園は、弁天橋を渡ってすぐのところにあるらしい。ひまを持て余している無職としては、断る理由はなかった。

「ところで、コミチは越してきたばかりだったな。もう島の名物は食ったか」

ワガハイが、やや後方から話しかけてくる。

猫と一緒に歩くのは初めてだからか、なかなか足並みがそろわない。ワガハイはとこところ軽快に歩いたかと思えば、急にぴたりと立ち止まったりする。

俺が「少しゆっくり歩こうか」と提案すると、「これが猫の歩きかたである」と返された。人と猫では、いろいろリズムが違うらしい。

「聞いておるのか、コミチ」

今度は少し前方で、ワガハイが不機嫌そうに振り返る。

「ああ。名物どころか、こっちにきて食ったのは大根だけだな」

「しらす丼も食っていないのか。あれはうまいぞ。魚に飽《あ》いた島の猫たちも、ぴちぴちした小魚にはしっかりよだれを垂らす」

舌なめずりをしたワガハイが、記憶を嗅ぐように鼻を上に向けた。

「食いたいとは思うが、贅沢《ぜいたく》できる経済状況じゃないんだ」

「つむじの食事には金をかけるくせに、コミチは変わり者だな」

頭の上で、つむじが「にー」と小さく鳴いた。言葉は伝わってこないが、なんとなくワガハイに同調しているように思える。

「コミチ、江島神社に寄っていくか。弁財天が祀《まつ》られているぞ」

「弁天は芸事の神だろう。俺には縁遠い」

「知らんのか。芸事のみならず、その名の通り財にもご利益がある。江島神社は由緒正しい日本三大弁財天のひとつだ。拝んでいくがいい」

職なしにはうってつけのようだが、いまは人混みに分け入る気力がない。

「神頼みは、困ったときまで取っておくさ。それにしてもワガハイは、猫のくせにいろいろ詳しいな」

「先生は取材と称して、毎日この島をほっつき歩いておったからな」

嫌でも詳しくなるのだと、ワガハイは揺らしていた尻尾を静かに垂らした。

「そうか」

下手ななぐさめはやめておこうと、相づちだけ返す。

しばらくは無言で歩き続け、やがて海を横目に弁天橋を渡った。

一陣の風が吹いたので、頭上に手を伸ばす。ふわふわした感触があった。姿は見えないが、つむじが飛ばされていないようで安心する。

「どうもコミチは、覇気がなくていかんな。ちゃんと飯を食っておるのか」

俺があまりしゃべらないからか、ワガハイは退屈しているらしい。

「食ってるさ。むしろ作って食う以外のことをしていない」

「自炊もいいが、そればかりでは長生きできんぞ。先生なんぞ散歩へ行くたび、やれたこせんべいだ、しらすカレーパンだと、もそもそ買い食いしておった」

ふと見ると、ワガハイは立ち止まっていた。

その視線の先に、「しらすカレーパン」と書かれたのぼり旗がはためいている。

「なるほど。カレーパンを食いたいのか」

「ち、違うぞ！　断じて違う。ワガハイは純粋にコミチを心配しておるのだ。だいたい猫は、カレーのような刺激物は食わん。パンだってよくない。ただあの店は、猫にはしらすをおまけしてくれる……」

口調は頼りないが、尻尾はぴんと立っていた。

「ちょっと待っててくれ」

俺は忍び笑いをしつつ、店に寄ってカレーパンを買った。店員に「連れがいる」とワガハイを指さすと、ひちくち分のしらすをもらえた。

「待たせたな。しかしカレーパンなんて、ずいぶん久しぶりだ」

持ち手に紙を巻いてあるだけなので、揚げたての香ばしい匂いが食欲をそそる。

「コミチも好きか」

「昔はよく食ってたな。しらすは入ってないが、東京には名店が多い。ほら」

小さなビニール袋から、しらすをひとつまみ取りだした。

「むう、かたじけない――コミチ、しゃがめ！」

いきなりワガハイが叫んだ。

俺は一瞬ぽかんとしたが、すぐにつむじを押さえて身を低くする。

すると上空を、なにかが風を切って通りすぎていった。

「いまのは、なんだったんだ……あっ」

こわごわ立ち上がると、片手に持っていた紙の中身がないことに気づく。

まさかと空を見上げると、鷹のようなシルエットがカレーパンをくわえて飛び去っていくところだった。

「コミチ。とびは初めてか」

「とびって、とんびのことか」

「うむ。海の街ならどこにでもいる。ほれ、そこに看板も出ておろう」

言われて初めて、街のあちこちに『とんびに注意！』と警告をするポスターが貼られていることに気づいた。

「いや、思いだしたよ。子どもの頃にも経験がある」

あのときはたしか、ポップコーンだった。とんびに容器ごとおやつを奪われ、俺は恐怖と悔しさで大泣きしていた。

そういうときは、いつもばあちゃんが泣き止むまで頭を撫でてくれた。

ばあちゃんが死んでもう十年かと、少し郷愁に浸る。

「大丈夫か、コミチ。なんだか泣きそうな顔をしておるぞ。吾輩のしらす、ちょっぴりわけてやろうか」

ワガハイが心配そうに見上げてくるので、思わず笑ってしまった。

「カレーパンを食いそこねて悲しいわけじゃない。昔をなつかしんでいただけさ」

「ふん……それならよいがな」

不審そうな目でこちらを一瞥《いちべつ》し、ワガハイはぷいと歩きだした。

「コミチ、今日はゲンが悪い。カレーパンを買い直すのはあきらめて、用をすませたほうがよいぞ」

そうだなとワガハイに従って進むと、やがて広々とした霊園に着いた。

途中の生花店で買った白菊を供え、草見先生の墓に手をあわせる。

「なるほど。たしかに仏花がないな」

墓石には俺が供えた白菊以外、目立つものはなにもない。線香立てには使用された形跡があるが、いつ使われたかまでは不明だ。

「先生の息子はすぐ近くに住んでいるというのに、あんまりだと思わぬか」

ワガハイが俺を見上げ、憮然《ぶぜん》としたように目を細める。

「なんとも言えないな。他人には察せない家庭の事情もあるだろう」

「そういうことではない。コミチ、ほかの墓を見てみろ」

ワガハイに言われ、両隣の墓に目を向けた。

左右ともに、菊やら桔梗《ききょう》やらの華やかな仏花が供えられている。色彩が明らかに違っているため、先生の墓石との差が浮き立っていた。

「先生はまだ亡くなって二ヶ月だぞ。もっと悼《いた》まれてしかるべきではないのか」

ワガハイが猫の手で、ぱしぱしと墓石をたたいている。

「そういうワガハイの礼を重んじる姿勢は、飼い主の先生に似たのか。猫は自由奔放な生き物のイメージがあるんだが」

「そんなもの、猫も人間も千差万別だろう。ついでに吾輩は、先生に飼われていたわけではない。だが長く触れあえば情もわく。敬意を払って当然だ」

ワガハイの尻尾が、「へ」の字を描くように曲がった。俺に対してか先生の家族に対してかはわからないが、いらだちを覚えているようだ。

「すまない。失言だったな。人間は猫のことをあまり知らないんだ」

「ならばこれから知るがいい」

言ってワガハイは、ぺろりと鼻の頭を舐めた。

「ときにコミチ。実はもうひとつ頼みがあーる」

「面倒事だろう。鳴き声が明らかに媚びているぞ」

甘えた「なーお」という響きは、俺以外の人間でもわかりやすいだろう。

「その通りだが、聞くだけ聞いてくれぬか」

「ここまできて、遠慮することもないさ」

頼みごとをする際のワガハイは、恐縮するように身を低くする。口調もあって普段は自信家に見えるが、根はまじめというか義理堅い猫であるようだ。

「では言うが、草見先生の息子に会って、墓参りをするよう説得してくれぬか」

そうきたかと、答えに窮《きゅう》した。

「コミチ、迷っておるのか。もちろん相応の礼はするぞ。カレーパンを買うくらいの金なら、猫でも拾い集められる」

「さっきの俺は、そんなに悲しそうな顔をしていたか」

「違うのか。それならば、なにが引っかかっておる」

故人の友人の孫でしかない俺は、先生の遺族にとってはほぼ他人だ。そんな人間がよその家庭に首を突っこむのは、さすがに気が引ける。

おまけに俺は、人との関係がうまくいかずに会社を辞めた人間だ。

「引っかかっているというより、単純に面倒くさいってとこかな」

俺は説明を避けた。

「そこをなんとかならぬか。こんなことを頼めるのは、コミチしかおらん」

「そりゃそうだ。だがワガハイは最初、じいちゃんに頼みにきたんだよな。言葉も通じないのに、どうやって伝えるつもりだったんだ」

尋ねると、ワガハイが俺をまっすぐに見据えた。

「綾野のじいさんは、不思議と察してくれるのだ。ワガハイがにゃあと鳴けば、『腹が減ったかい』とカリカリをくれる。寒いと喉を鳴らせば、こたつに入れてくれる。いまのコミチと同じくらい、ワガハイの思いが伝わったのだ」

「まあ……じいちゃんは猫好きだったから、そのくらいは理解するだろう。だが今回の件を頼むのは、さすがに無理があるんじゃないか」

「いや、綾野のじいさんならば伝わった気がする。吾輩がにゃあと鳴けば、『先生の墓参りをしろと伝えればいいのかい』、という具合にな」

どうにも信じがたいので、俺は肩をすくめてみせた。

「本当だぞ。もしかするとじいさんも、猫語がわかっていたのかもしれん。となればコミチの力は、血ということになるな」

そうだったらいいな、とは思う。

しかし俺はいまになっても、幻覚説を完全に捨てたわけではない。

「して、どうするコミチ。頼まれてくれるか」

「とりあえず、先生の息子さんには会ってみよう。これもじいちゃんの縁だしな。とはいえ、あまり期待しないでくれよ」

「そうか！　では早速案内しよう」

ワガハイは上機嫌で尻尾を左右にふよふよ振り、墓地の出口へ歩きだした。


「つむじ、居心地は悪くないみたいだな」

猫の島を離れて住宅街に入ると、さすがに頭上のつむじが目立ってくる。余計な注目を集めないよう、いつも持ち歩いているサコッシュに移動させてみた。

「そのようだ。実に愛くるしい」

足下からつむじを見上げ、ワガハイが好々爺《こうこうや》のように目を閉じる。

つむじは肩かけのバッグから手と顔を出し、目だけを動かしていた。まるで雪原の巣穴から顔をだすオコジョのようで、自然と口元がほころんでしまう。

「つむじはやはり、人間から見てもかわいらしいのか」

「猫はみんなかわいいさ。ワガハイだってそれなりだ」

「ふん。オスにそんなこと言われても気色悪いだけだ」

ワガハイの尻尾はふよふよ揺れていた。猫は人間よりもわかりやすい。

「着いたぞ、コミチ。この家だ」

住宅街の中に並んでいる草見家は、学生時代の俺なら「なんの変哲もない建て売り住宅」と表現しただろう。

しかし二十八歳になった俺は、この無個性なマイホームを手に入れるのにどれだけの苦労が必要かを知っている。

自分から遠ざかったものを見て、ちくりと劣等感が刺激された。

「コミチ、どうかしたのか」

ワガハイが俺を見上げ、尻尾をくねくねさせている。

「なんでもない。たしかに表札は『草見』だな。チャイムを鳴らそう」

丸いボタンを押すと、ピンポンと電子音が響いた。

しかし返事はない。少し待って再び鳴らしたが、どうやら留守のようだ。

「どうする、ワガハイ。日をあらためるか」

「コミチに用事がないなら、あそこで待つのはどうだ」

ワガハイが顔を向けた先に、こぢんまりした児童公園があった。

「俺の用事は、夕食の支度と布団の上げ下げくらいだ」

ではと公園へ移動して、ワガハイと並んでベンチに腰かける。

辺りを見ると、すべり台のそばに人がいた。子どもを遊ばせている母親だろう。ちらちらと、こちらの様子をうかがっている。

「ワガハイは俺にかわいいと言われても、気色悪いだけだと言ったな」

「うむ」

隣で丸くなっているワガハイが、尻尾の先だけ動かした。

「となるとやっぱり、抱っこされたり撫でられたりも嫌か」

若い男が公園でぼんやりしていれば、子を持つ母は不安だろう。

なにか目に見える言い訳がほしいが、つむじはいつの間にか眠っていたので動かすのは忍びない。となれば残るは一匹だ。

「それとこれとは別だな。人間だって、孫に肩を揉まれたらうれしかろう」

耳を立てたワガハイが、片目だけ開けて俺を見る。

「待て。ワガハイは、俺が孫に見える歳なのか」

猫は最初の一年で、人間に換算して十八になると聞いたことがある。その後は一年で四歳ずつ加齢され、十年も生きればほぼ還暦だそうだ。

　あらためてワガハイを見ても、口調ほど老猫という感じはしなかった。毛に覆われた猫の体は、人間よりも年齢がわかるヒントが少ない。

「猫に歳を尋ねるのは法度《はっと》だぞ。弱点につながるからな」

「人間みたいだな……いや、むしろ野性の名残《なごり》か」

　死に際に身を隠すのが有名だが、猫は弱っている姿を他者に見せない。人と共生する地域猫でも、身を守る術《すべ》は忘れないようだ。

「そんなことより、コミチは吾輩を撫でるのか。抱っこするのか」

「じゃあ、抱かせていただきます」

　敬老の念が出たのか、思わず言葉が丁寧になる。

「うむ。くるしゅうない」

　よっと抱えて、膝の間に座らせてみた。

「どうだろうか」

「悪くない。さあ、存分に撫でるがよい」

　王のようにふんぞり返った姿勢のまま、ワガハイがにゃあと鳴く。

　こうしていると、ワガハイもやはり猫だった。触れる毛はふわふわとやわらかく、撫でたいと思わせる魅力がある。

「それでは、腹部を少々撫でさせていただきます」

「腹はまだ早い。弱点だからな。気を許した相手にだって、簡単には触らせん」

「不勉強ですみません。ではどこを撫でればよろしいですか」

「あごの下、次点で頭だな。ここを嫌がる猫は少ない」

「仰せのままに」

うなずいて、あごから喉にかけてゆっくりと撫でる。

「ほう……やるではないか」

ワガハイはごろごろと喉を鳴らした。

「では次は、頭を失礼します」

「かまわんぞ……おお……」

額の辺りを手のひらで覆うように撫でていると、ワガハイは目を細めてなんとも言えない顔になる。

「それではそろそろ、腹のほうを」

毛をもふもふするのも楽しいが、やはり猫の体で魅力的なのは腹だ。

この毛の薄い皮膚の部分を、撫でるというよりたぷたぷしたい。

顔をうずめて、その弾力と反発をたしかめてみたい。

こういう願望は、人間なら誰しも持っているだろう。

なんでも生粋の猫好きになると、「猫を吸う」こともあるそうだ。

あのほんのりと動物的で、天気のいい日に干した布団のような香りを、主に鼻から吸引して楽しむのだと言う。

健康的に問題がありそうだと考える俺は、まだそのレベルには至っていない。しかしワガハイのやわらかさに触れていると、ふいに衝動は湧き上がってくる。

「コミチ、目が怖いのだが……」

怪訝な顔のワガハイに言われ、はっと理性を取り戻した。

いつの間にか起きたつむじが、俺と目があうと、さっとサコッシュに引っこむ。

「……猫は危険だな。合法なのが不思議なくらいだ」

「わけのわからんことを。ともかくさっきも言った通り、腹を撫でるなどまだ早い。まずはあご下百回だ。ほれ」

王様ポーズのワガハイが、くいっとあごを持ち上げた。

まあしかたないかと、あごの下を二本の指でゆっくりとなぞる。

「おお……こういう感覚も久しぶりだ。懐かしいとすら感じる」

「そうか。草見先生が亡くなって二ヶ月だもんな。これが気持ちいいのか」

「おお……いや、調子に乗るなよコミチ。吾輩はこの程度では……おおおお……」

「意地を張らなくていい。こっちだって楽しんでる」

などと撫で続けていると、ワガハイは寝そべるほどに脱力していった。

「ママ、猫が溶けてる」

公園を通りかかった女の子が、液状化したワガハイに指をさす。

「あの子、ワガハイじゃないかしら。ほら、おじいちゃんがかわいがってた猫の」

母親と思しき女性の口ぶりからすると、草見先生の関係者らしい。

「あれは先生の息子の妻君だ。小さいのは孫娘だな」

ワガハイがへそ天状態のまま、声だけまじめな調子に戻る。

「とりあえず、挨拶《あいさつ》するか」

気乗りはしないが立ち上がり、近づいてきた親子に声をかけた。

「どうも、こんにちは。草見先生の友人だった、綾野の孫です。生前は祖父がお世話になりました」

「えっ。綾野さんに、こんな大きなお孫さんがいたの」

草見夫人が驚き、見比べるように自分の娘を見る。

「祖父は結婚が早かったんです。ばあちゃんのほうが、十も上だったので」

ついでに言うと、俺の親父も二十代で結婚した。おかげで時代が違うとはいえ、なんとなく肩身のせまさを感じる。

それはかつての俺が、結婚を意識したことがあるからだろうか。

「やだもう。こんなに大きいお孫さんがいるなんて、おじいちゃんぜんぜん教えてくれないんだもの。初めまして。草見の妻です。由比《ゆい》、ご挨拶して」

「草見由比です。二年生です」

七歳くらいの女の子が、母親の横でぺこりと頭を下げた。

俺も頭を下げつつ、ちらとベンチを見る。人間同士の挨拶に退屈したのか、ワガハイは座面をごろごろ転がり、背中をこすりつけていた。

飽きて眠ってしまう前に、早めに本題に入ったほうがいいだろう。

「草見さん。つかぬことをおうかがいしますが、今月に入ってから先生の墓参りには行かれましたか」

気がかりがあるという表情を作り、率直に問いかける。

「ええ。なにしろ目と鼻の先ですから」

夫人はきょとんとしていた。後ろめたい人間の反応という感じではない。

話が違うぞと、目でワガハイに文句を言う。

するとベンチに寝そべったまま、ワガハイはぴんと耳だけを立たせた。

「墓参りにはいったが、手ぶらだったということか。解《げ》せんな。コミチ、もう少し詳しく聞いてみてくれ」

会話が聞こえないのをいいことに、ワガハイはボスのように指示を出してくる。

「もしかして、草見先生は花がお嫌いだったんでしょうか」

「いいえ、むしろ好きでしたけど」

なぜそんなことをという風に、夫人は首をかしげた。

「変なことを聞いてすみません。実は先ほど、草見先生の墓にお参りさせていただいたんです。墓石になにも供えていらっしゃらなかったので、仏花を供えたのはまずかったのかなと」

「あら、変ねえ。つい昨日、桔梗を持っていったばっかりなのに」

「昨日ですか」

「ええ。おじいちゃん、自然や草花が好きだったから、私も主人も、しょっちゅうお供えしてますよ。最近だと、ほかにアケビの実がついた枝なんかを」

今日も立ち寄った生花店で仏花を頼むと、まさに桔梗を推薦された。夫人の発言におかしなところはないと思う。

しかし桔梗の花もアケビの実も、先生の墓前には見当たらなかった。

次はどうすると、うかがいを立てるようにベンチを見る。

すると仰向けで寝ているワガハイの腹を、由比ちゃんが全力で撫で回していた。

「ひぃ！　助けろ、コミチ！　助けて、ひぃ！」

「ねえ、由比。おじいちゃんのお墓にいくと、ママもパパも、いつもお花を置いて帰るわよね？」

「うん。そうだね」

母親の質問に、由比ちゃんは猫腹を蹂躙《じゅうりん》しながら答えた。

ワガハイはひぃひぃ悲鳴を上げていて、俺に指示するどころではないらしい。あとはこっちで適当にやるしかないだろう。

「ということは、花泥棒がいるのかもしれませんね」

俺は夫人に向き直り、ひとまずの思いつきを口にした。

「花泥棒？　なんだか、かわいい響きですね」

「言葉はそうでも、やることはえげつないですよ。他人の墓から花を盗んで、自分の先祖に供える人がいるらしいです」

「ええっ！　そんな、ばち当たりな人が」

信じられないという顔で、草見夫人が口元を押さえる。

先生の墓の線香立てには使用した形跡があり、左右の墓石には立派な花が供えられていた。たしか桔梗もあったと思う。

そこからなんとなく想像しただけで、花泥棒がいるという確証はない。

ただし夫人の証言を信じるなら、ほかに可能性もなさそうだ。

「綾野さん。今日はそれを聞きに、わざわざここへきたんですか」

「あ、いえ、偶然です。なにぶん越してきて間もないので、あっちこっち散歩するのが楽しくて」

ごまかしがてら、いまはじいちゃんの家に住んでいるのだと話した。

「あら。あらあら。じゃあまた会えるかもしれないですね」

夫人はなぜか、うきうきしているように見える。

「そうですね。近所というほどではありませんが、よろしくお願いします」

「こちらこそ。由比、そろそろ帰りましょう」

うふふと微笑みながら、夫人は娘の手を引き去っていった。

「どう思う、ワガハイ」

ベンチにだらしなく横たわる、猫らしきものに尋ねる。

ともすれば怒りだしてもおかしくない質問に、夫人は快く答えてくれた。

娘の由比ちゃんも、夫人は嘘をついていないと証言している。

となれば当初の見立てとは、大幅に問題が異なりそうだ。

「はぁ……はぁ……待ってくれ……息が……」

ワガハイは涙目で喘《あえ》いでいた。

腹が弱点と言っていたのは、俺が思っていた意味とは違ったらしい。


墓参りから帰宅すると、俺は夕食に大根餅を作った。

中華料理と聞くと難しそうに思えるが、母がよく作っていたので実は手のこんだ料理ではないと知っている。

俺の母親は洗米してから料理を始め、「ごはんが炊けました」の合図で食卓にすべてを並べる人だ。

親父も料理をする人だったが、母ほど手際はよくない。こだわりのスパイスを使った料理はたしかにうまいが、おそろしく時間がかかる。

調理をしながら洗い物をすませる母と違い、親父が使ったあとのキッチンはシンクに大量の鍋皿が積み重なる。

かつてはもてはやされた「男の料理」は、現代では嘲《あざけ》りの対象だ。

遅まきながら自炊を始めた俺が目指すべきは母の味、すなわち時短料理だろう。

そう判断したのは、間違いなく稲村《いなむら》の影響だと思う。

影響というよりは、いまさらにでも彼女を理解したいのかもしれない。

さておき手早く作った大根餅だが、なかなかうまくできた。

調べたレシピではハムやネギが使われていたが、なるべくコストを抑えたいので、昨日と同じ鶏ひき肉と大根の葉で代用している。

こってり成分が足りないかと思ったが、ラー油と醤油で餃子のように食ってみたところ、主菜としてかなり高い満足度を得られた。

「調味料は偉大だな」

俺は大根餅を嚥下《えんか》しつつ、次なる大根サラダに箸を伸ばす。

先ほどこのサラダを作ろうとして、苦い思い出ができた。

水洗いした大根に、ツナをあえよう。そう考えていたのだが、ふと猫缶が余っていることを思いだした。

たしか味つけが違うだけで、ツナ缶と猫缶は基本的に同じものだ。それならマヨであえれば一緒かと、キッチンで猫缶を手に考える。

ふいに視線を感じた。

振り返ると、柱の陰からワガハイが薄目でこちらを見ているのに気づく。

「ち、違うぞ。俺は別に、食おうとしたわけじゃない」

とっさに言い訳したが、ワガハイはなにも言わずに台所を去った。

なぐさめがほしくて頭に手を伸ばすと、つむじまでぺしんと俺を払いのける。

「一時の気の迷いなのに……」

世の猫飼いたちは、みんな一度はこの気分を味わっているのだろう。

そんな悲しい回想をしつつ、俺はごちそうさまと食事を終えた。

「粗食とまでは言わんが、コミチはなかなかの吝嗇家《りんしょくか》だな」

ワガハイが、じっとりとした目を向けてくる。「猫缶食おうとした事件」は、簡単には忘れてくれないらしい。

「ケチという意味なら、そりゃ無職なんだから贅沢はできないさ」

俺は開き直った。

「猫缶に手を出すほど困窮しているなら、新たな職を探せ」

「当面その予定はないな。貯金もぼちぼちある」

もちろん、遊んで暮らすほどの金はない。

しかし質素な暮らしを心がければ、一年くらいは自分を見つめ直す時間が持てる。

「そもそもコミチは、なぜ職を捨てたのだ。クビになったのか」

「まあ、そんなところだよ」

「理由はなんだ。色恋か。上司とのいざこざか」

その通りだったので、とっさに軽口が返せなかった。

「わかるぞ。吾輩もときどき、猫集会に顔を出すのが億劫《おっくう》になる。歳を取ると、しがらみが増えるからな」

訳知り顔のワガハイが、ぽんと俺のひざに手を置く。

「落ちこんでいるときは、稚児ヶ淵へいって海を見るとよいぞ。よし、コミチ。明日は吾輩が穴場を案内してやろう」

どうも俺は、今日知りあったばかりの猫になぐさめられているらしい。

「申し出はありがたいが、花泥棒の件はいいのか」

「はっ！」

ワガハイが目を見開く。大事な目的を失念するほど俺を気にかけていたなら、こいつはかなりお人好しの猫だ。

「して、コミチ。本当に泥棒だと思うか」

「わからないな。草見夫人が嘘をついているとは思えないが、こればかりは百パーセントの断定はできない」

特に俺の印象は当てにならない。人を信じて裏切られた経験のある人間は、みんなそう思うようになる。

「吾輩も、憶測で判断しておったからな。ひとまず妻君の証言は、真実であると仮定しよう。その場合、残る可能性は花泥棒だ。どうすれば捕まえられる」

「犯人の目的によるな。単に墓参りついでに花を拝借した人間なら、次に現れるのは一年後かもしれない」

「だが妻君は、しょっちゅう花を供えていると言っておったぞ。となると先生の墓に供えられた花だけを、定期的に盗んでいる輩がおることにならんか」

ワガハイは、猫のくせになかなか鋭い。

「やはり犯人の目的は不明なままだが、その推理には筋が通っているな」

「そうであろう。三毛でなくとも、吾輩には探偵猫の素質があるのだ」

えへんとワガハイが頭を突きだしてくる。

それを撫でつつ、俺は次に打つ手を考えた。

「猫探偵の素質か。だったら張りこみもありだな」

「そうか！　コミチが供えた花を、また持っていくかもしれん！」

ワガハイが興奮した様子で、座卓に飛び乗った。

「じゃ、明日に備えて寝るか」

両手に皿を持って立ち上がる。

「コミチ、明日もワガハイにつきあってくれるのか」

「そのつもりだが、問題があるのか」

「いや……コミチはずいぶんお人好しだと思ってな」

ワガハイの耳が、へたんと寝ている。

「いきなり猫の言葉がわかるようになったのだ。さぞ混乱しておるだろう。なのにコミチは、知りあったばかりの猫の頼みを聞いてくれる。当人はひまだと言うが、人間はみな忙しい生き物だ。なぜそんなによくしてくれる」

「また遠慮癖か。言っただろ。これもじいちゃんの縁だ」

「本当に、それだけか」

座卓から下りたワガハイが、俺をじっと見上げてくる。尻尾がぱたぱたと左右に揺れていた。好奇心と心配が半々といった感情らしい。

「それだけさ。つむじの件もあるしな。さて、洗い物をやっつけよう」

台所に向かうと、背後でワガハイが言った。

「わかった。では明朝、迎えにくる。さらばだ」

ワガハイは颯爽《さっそう》と去って――いかなかった。

「……コミチ、ここを開けてくれ」

縁側へ出る障子を、かしゅかしゅ猫手でこづいている。

「なにを笑っておる！　これだから人間は！」

話しているとつい忘れるが、こういうところは実に猫らしい。

3

オフィスで働くかつての同僚たちを見て、すぐにこれは夢だとわかった。

俺たち営業部は夏でもスーツを着ている。顧客に人生で一度きりの大きな買い物をさせるマンション販売は、少しでも相手の信頼を損なうわけにはいかない。スーツを着た上で汗をかいてもいけない。

しかし夢の中の俺は、汗まみれでオフィスを右往左往していた。

用意していたはずのプレゼン資料がないのだ。

誰か知りませんかと、同僚に話しかけても相手にされない。

挙げ句の果てに、みんなが「邪魔だ」と胸を突き飛ばしてくる。

俺はほとほと困り、頼りたくなかったが同僚の稲村に資料の行方を聞いた。

「みんな忙しいのに、なんで綾野くんはそんなにのんきなの」

どんと胸を突かれ、壁際に追いこまれる。

「なんだよいきなり。俺はのんきなんかじゃない」

ブラックに等しい業界で生き残るために、毎日必死に働いていたつもりだ。

「のんきだよ。綾野くんは、こんな会社いつでも辞められるって思ってる」

「そんなの俺だけじゃないだろ。稲村だって飲みにいくと、いつも『こんな会社辞めてやる』って愚痴ってるじゃないか」

「綾野くんと、わたしを一緒にしないで！」

女とは思えない力で、稲村が両手で胸をぐいぐい押してくる。

苦しい。腕を払おうとしても、まるで手応えがない。

痛みに耐えきれず、叫ぶ――。

「俺は一緒にしたいんだ！」

自分の声で目が覚めた。

ぼんやりした視界の中に、こちらをのぞきこむ猫たちの顔がある。

「大丈夫か、コミチ。うなされておったぞ」

「にー」

ワガハイとつむじが胸の上で、驚いたように目を丸くしていた。

「おまえらのせいで、ひどい悪夢を見たよ……」

胸の上から猫たちをどかし、上半身を起こして目をこする。

涙がにじんでいた。昔から仕事でミスをする夢は見るが、稲村に責められるのは初めてだった。いいところを見せたいから、稲村には頼りたくもなかった。

無意識に俺が恐れていたすべてが詰まった、最悪の夢だと気が滅入る。

「にー」

つむじが体をよじ登ってきて、もふっと頭上で丸くなった。かすかな重みとあたたかさが、人の手で撫でられているように感じられる。

「コミチが起きないのが悪いのだぞ。吾輩は迎えにくると言っておいたはずだ」

ぱしぱしと猫手で畳をたたき、ワガハイが遺憾の意を示す。

「朝にくると聞いてはいたが、まだ八時だぞ」

せっかく仕事を辞めたのだから、朝くらいはゆっくり寝たい。

「花泥棒がいつ現れるかわからんだろう。早く顔を洗ってこい」

昨日はあんなに遠慮していたくせに、今朝のワガハイはボス気取りだ。

これも猫の気まぐれかと、俺は渋々に洗面所へ向かう。

水道水を両手ですくうと、頭上のつむじが背中へ移動した。

顔を上げて鏡を見ると、またとことこと頭上に戻ってくる。

「さっきは、泣いている俺をなぐさめてくれたのか」

鏡の中に問いかけると、白い子猫は「にー」とだけ鳴いた。

「コミチ、まだか」

足下のワガハイが、俺を催促するようにうろうろしている。

「まだというか、これから朝食を作りたいんだが」

「そんな時間はない。今日こそカレーパンを食うがいい」

まあそれもありかと、俺たちは墓守をすべく出発した。

「まったく現れんではないか。おまけに暑い。吾輩は眠くなってきた」

午前十時を回った。

いまのところ花泥棒はおろか、墓参りらしき人の姿もない。

九月にしては涼しい日だが、植えこみの陰でじっとしていると肌が焼ける。暑がりの猫は、それなりにしんどいだろう。

「ワガハイ、日陰で寝ていいぞ。俺が見張っておく」

「そうはいかん。頼んだのは吾輩だ。しかし眠気は覚ましたいな」

「ならいまのうち、飯でも食うか」

念のため、カレーパンをポケットから出す前に上空を確認した。

「とびはおらんな。コミチ、食うならいまだ」

「よし。猫用のしらすも、もらってあるぞ」

ひとくち分を手のひらに載せ、ワガハイの顔に近づける。

すんすんと匂いを嗅ぐと、ワガハイはすぐにがっついた。

「うむ、うまい」

目を閉じ頬をふくらませ、ワガハイは満足そうに咀嚼《そしゃく》している。

しらすがなくなると、今度は一心不乱に俺の手を舐めた。

「ざらざらするな。猫の舌には、微細な刺《とげ》が生えているんだったか」

「うむ。毛繕いに必要だからな」

「人間で言えば、櫛《くし》みたいなものか」

「そんなことより、コミチもカレーパンを食ったらどうだ」

それもそうだと、おもむろにかじりつく。

「うまいな。久しぶりの味だ」

口の中に広がる油のうまみ。パンのもちもちした食感。香辛料の刺激。

粗食続きだったのでジャンクな味がなつかしく、がつがつと平らげてしまった。

「まいったな。しらすの旨味を味わい損ねた」

「この先も、食う機会はいくらでもあるだろう。江の島にはうまいものが多い。コミチもいろいろ堪能すべきだ。食は心を豊かにするぞ」

昨日の海の話と同じく、気づかわれている気配があった。ワガハイなりに、悪夢にうなされた俺を心配してくれているらしい。

「無職に贅沢はできない。だが今回の花泥棒の件が解決できたら、ささやかに祝うくらいはいいかもな」

「それならば、なんとしても捕まえんとな！」

ワガハイは意気ごんだが、なにもないままさらに三時間経過した。

草見先生の墓前には、いまだ俺が供えた白菊が飾られている。

「まったく！　いつになったら！　現れるのだ！」

ワガハイはびたんびたんと、尻尾を地面に打ちつけた。それでもストレスが解消できないのか、落ちていた板きれをばりばり引っ掻いている。

「この分だと、今日は空振りかもしれないな。また明日にするか」

幸か不幸か、俺には時間がいくらでもある。

「いや、張りこみは今日で終《しま》いだ。そうしなければ、コミチはいつまでも吾輩につきあってくれそうだからな」

墓石を見据えたまま、ワガハイは俺の考えを見透かした。

「いいのか。草見先生は、ワガハイによくしてくれた人だろ」

「それは先生が望んだことだ。吾輩が先生に飯をよこせ、頭を撫でろと頼んだわけではない。だがコミチには吾輩が頼んだ。これは吾輩のわがままである」

ワガハイの尻尾は地面に垂れ下がっている。また遠慮癖だ。

「猫は自由奔放な生き物だろ。気づかわれると調子が狂う」

「コミチこそ、人間のくせに自由を気取るな。貴様は猫ではないのだぞ」

立場があべこべだなと、笑いかけたときだった。

「コミチ、あれを見ろ」

ワガハイが招き猫のように、ちょいちょいと手を動かす。

霊園の入り口付近に、ランドセルを背負った少女が立っていた。少女は道路のほうへ顔を向け、「また明日」と友人らしき子どもに手を振っている。

「学校帰りに墓参りに寄った、というところかの。いまどき感心である」

「そんな小学生、百年は遡《さかのぼ》らないといないと思うぞ」

しばらく様子を見ていると、少女は首を回して辺りをうかがっていた。

「なにかあやしい童女だな……むっ、きたぞ。先生の墓だ」

草見先生の墓前にくると、少女は再び辺りを見回す。

そこで顔が見え、昨日会ったばかりの由比ちゃんだと気づいた。

由比ちゃんは俺が供えた白菊を抱え、霊園の入り口へ歩いていく。

そうして設置されていた水色のプラバケツに、花をそっくり放りこんだ。

「これは……さすがに予想外だったな」

花泥棒の正体を知り、やるせなさに思わず笑ってしまう。

「なんで、先生の孫が……あれほど先生になついていたのに……」

ワガハイは口をぽかんと開け、呆然としていた。

「人間はみんな嘘をつく。老若男女は関係ないさ」

俺は比較的冷静だったが、衝撃がなかったわけではない。

「いや、なにか事情があるのかもしれぬ。コミチ、あとを追うぞ」

「ワガハイ。信じたくない気持ちはわかる。だが事実は変えられない」

「つべこべうるさい！　いいから吾輩についてこい！」

ワガハイが駆けていったので、俺もしかたなく従った。

草見家に着く手前で追いついたので、やむを得ず由比ちゃんに声をかける。

「やあ、また会ったね」

ワガハイを指さし、昨日会ったおにいさんだよと笑顔を作る。

「こんにちは」

由比ちゃんはおびえたりせず、素直に挨拶してくれた。

しかし問題はここからだ。

どう切りだせば穏便に話を進められるか、いい考えが浮かばない。

悩んでいると、足下のアスファルトに白菊がぽいと放られた。ワガハイが急いでとって返し、バケツから一輪くわえてきたらしい。

「由比ちゃんはどうして、おじいさんのお墓の花を捨てたのかな」

もう単刀直入に聞くしかないと、笑顔のまま問いかける。

「……っ」

由比ちゃんがびくりと体を強《こわ》ばらせたので、俺は慌ててフォローした。

「だ、大丈夫だ。お母さんに告げ口したりはしない。ただ聞きたいんだ」

由比ちゃんは、おびえた表情のまま固まっている。

この状況はまずい。かなりまずい。あらぬ誤解をかけられかねない。

「ワガハイ、急いで寝転がってくれ。由比ちゃんに腹を撫でさせるんだ」

俺は足下に助けを求めた。

「なっ……断る！　あれは息ができぬほど苦しいのだぞ！」

ワガハイが尻尾を逆立て拒絶する。

だが、いまはこっちも引き下がれない。

「せっかく手がかりをつかんだのに、事件は迷宮入りか。ワガハイに頼まれて張りこんだ俺の苦労も水の泡だ。先生も草葉の陰で泣いてるな」

「くっ……覚えておけよ、コミチ！」

ワガハイが公園に走っていき、ベンチの上で仰向けになった。

「おにいちゃん、猫と話せるの……？」

母親そっくりの信じられないという顔で、由比ちゃんが俺を見上げている。

「それは秘密だ。だがきみが秘密を打ち明けてくれたら、俺も話そう」

「……うん。話す。あとおなかに触ってもいい？」

しばし躊躇《ちゅうちょ》したものの、由比ちゃんは好奇心と猫腹の魅力に屈した。


「た、助けろコミチ！　吾輩死んでしまう、むふぅ！」

仰向けでのたうち回っているワガハイには、申し訳ないと思う。

しかしそのおかげで、由比ちゃんも笑ってくれるようになった。

「おじいちゃんね、お花が嫌いだったの」

「嘘だ！　先生は花を愛でる人だったぞ！　ひぃ！」

由比ちゃんの手元で、ワガハイが泣きながら鳴いている。

猫の言葉を理解できない由比ちゃんは、撫で回す手をゆるめない。

「矛盾だ！　矛盾しておる！　いひぃ！」

たしかにワガハイの言う通り、由比ちゃんの言葉は母親の説明と食い違う。

「きみのお母さんは、『おじいちゃんは花が好きだった』と言っていたが」

ゆえに桔梗やら実のついたアケビの枝やらを供えていたと、草見夫人はかなり具体的に教えてくれた。

「でもおじいちゃん、花粉症だから」

「花粉症というと、くしゃみが止まらなくなる、あの花粉症のことかな」

「そう。花粉のせいで、おじいちゃん苦しいって」

「ぬっふ！　たしかに、先生は、花粉症だった、がっ！」

話が進まないので、ワガハイの声はしばらく無視しよう。

さておき由比ちゃんが花を捨てていた理由に、ようやく合点《がてん》がいった。

「きみは賢いな。花には花粉があると知っていたのか」

「テレビで見たの。『ものがふえるしくみ』」

教育番組かなにかだろう。

「なるほど。でもたぶん、お墓に供える花では、おじいちゃんは苦しまない」

「死んでるから？」

「いや。花粉症の原因になるのはスギやヒノキ、つまり木の花粉なんだ。花の花粉で苦しむ人は、めったにいないんだよ」

由比ちゃんが腹撫での手を止めて、ぽけっと口を開けた。

子どもの素直な反応は、猫のそれと似ているなと思う。

「由比は、失敗したの……？」

「答える前に、ひとつ教えてほしい。きみはなぜ、お母さんやお父さんに言わなかったんだ。『おじいちゃんは花粉症だから、お花を供えないで』と」

「だってママとパパは、よかれと思ってやってるから。いいことだと思ってるのに、やめろっていうのはかわいそうだから」

その答えを聞き、この子は説明すればわかってくれると確信できた。

「だったら、きみがしたことも失敗じゃないさ。きみはおじいちゃんのために、よかれと思って花を捨てていたんだろう」

由比ちゃんはうなずいたものの、その目にみるみる涙が溜まっていく。

「お、落ち着いてくれ。お母さんもお父さんも、絶対にきみを怒ったりしない」

俺のなぐさめもむなしく、とうとう由比ちゃんは声を上げて泣きだした。自分が大ごとをしでかしたと、子どもらしく恐怖しているのだろう。

「すまない、ワガハイ。こっちは手詰まりだ。助けてくれ。早急に」

おろおろと頼ると、ワガハイは肩で息をしながら起き上がった。

「コミチ……はあはあ……吾輩……疑問が……はあはあ……」

草見先生が花粉症だからと、由比ちゃんは両親が供えた花を捨てている。しかし夫人の話では、花だけでなくアケビの実がついた枝もあったらしい。

それも由比ちゃんが捨てたのか確かめろと、ワガハイは息も絶え絶えに言った。

「ごめん。もうひとつだけ、聞いてもいいかな――」

腫れ物に触るように尋ねると、由比ちゃんは泣きながら首を横に振った。

さすがにこの状態で、嘘をつくとは考えにくい。

そもそも由比ちゃんは真実を言わなかっただけで、嘘はついていない。

ではアケビの実がついた枝は、いったい誰が持ち去ったのか。

4

泣きやんだ由比ちゃんを家に送ると、今日は父親が在宅していた。

「いやあ、妻から聞いてますよ。綾野さん、噂通りのイケメンだ」

そんな話をした覚えはないが、ひとまず草見さんは気さくな人のようだ。

まずは自分のせいで、由比ちゃんの帰りが遅くなったことを詫びた。

次いで花泥棒の件を伝えるべきか迷っていると、草見さんのほうから話が出る。

「そういえば、親父の墓から花が盗まれたかもしれないと聞きました。綾野さんが教えてくれたそうですね」

「そうですね。一応は犯人の目星もついています」

ちらと横目で見ると、由比ちゃんが唇を噛んでいた。

「それはぜひ、うかがいたいですね。どうぞ上がってください」

ワガハイもおいでと、草見さんが足拭き用のタオルを持ってきてくれる。

「相変わらず軽い息子だ。まあ先生にもそういうところがあったが」

鼻を鳴らすワガハイの足を拭き、俺たちはリビングへ案内された。

「それで、犯人は誰なんですか」

ソファに座るやいなや、待ちきれないといった様子で草見さんが身を乗りだす。

「とんび、ですね」

はす向かいに座る由比ちゃんに目配せしつつ、俺はしれっと答えた。

「とんびって、あの鳥のですか。それはすごい。とんびが犯人だなんて」

草見さんは疑うようなこともなく、へえと感心している。

「少なくとも、アケビはそうだと思います。とんびは人間が持っているものは食べられると思って、ぬいぐるみでもさらっていきますしね」

カレーパンを奪われてから、少しネットで調べてみた。

とんびの食性はカラスに近く、ゴミ捨て場を漁ったりもするという。

それならば、アケビをつつくこともあるだろう。あの実はちょうど、カレーパンと同じくらいのサイズだ。

「なるほど！　カレーパンとアケビですか。たしかにそっくりだ」

細事に執着しない人のようで、草見さんは面白いと笑っている。

「草見さん。よければ花のお供えは、今後も続けてもらえませんか。草見先生ならとんびが盗むのも喜んで見ているだろうと、ワガハイが言ってました」

「ワガハイが、ですか……？」

さすがに唐突だったか、草見さんがぎょっとする。

「おにいちゃんは、猫と話せるんだよ。あ、でもこれは秘密ね」

由比ちゃんが誇らしげに補足してくれた。

「そりゃあすごい。たしかに親父なら、とんびが花をくわえていくのを見て笑うでしょうね。もちろん花を供えるのは続けますよ。盗まれたら僕も笑います」

すでに笑っている草見さんが、ますます楽しげに目を細める。

「でも犯人がとんびだとすると、桔梗の花もくわえていったのかなあ。花は食べ物には見えないから、おしゃれでもするつもりかなあ」

とぼけるような草見さんの口ぶりに、俺はワガハイと顔を見あわせた。

「コミチ、こいつはとんだ食わせものだ。おそらくぜんぶ気づいておる」

とはいえ最初からすべて知っていた、というわけではないだろう。

どこか気まずそうな娘の横顔を見て察し、茶番につきあってくれたようだ。

「パパ、ごめんなさい。実は——」

良心の呵責《かしゃく》に耐えかねたようで、由比ちゃんが罪を告白する。

「そうかあ。実はパパも昔、同じようなことをしたよ。いや、パパの場合はもっと悪いかな。パパはね、おじいちゃんのタバコを盗んだんだ」

「えっ」

由比ちゃんが驚いて父親を見る。

「タバコは健康に悪い。そう聞いたから、パパは親父——おじいちゃんに長生きしてもらいたくって、タバコを隠したんだよ」

「なあんだ。パパ、若い頃は不良なのかと思っちゃった」

「そう思うだろう？　だからタバコが盗まれていることに気づいたおじいちゃんは、ひやひやしていたと思うよ。息子がタバコを盗んでいく。でもうちの子は不良じゃないと信じたい。結局パパは、おじいちゃんになにも言われなかったよ」

草見さんもまた、自分の娘に同じことをしたかったのだろう。

「『よかれと思って』は、草見家の伝統芸なんですね」

ぼそりと言った俺の言葉は、思った以上にウケた。ノリのいい人だ。

「綾野さん。今回の件は、ありがとうございました」

草見さんが頭を下げる。花泥棒はそもそも問題になっていなかったので、由比ちゃんのことを言っているのだろう。

「いえ。俺が勝手に首を突っこんだだけなので」

正確に言えば、首を突っこんだのはワガハイだが。

「よかったら、これを受け取ってもらえませんか。親父の遺品を整理していたら出てきたんです。裸のままで、すいませんが」

草見さんから差しだされたのは、江の島近辺で使えるお食事券だった。

「いや、俺は本当になにもしてないので」

「でしたら、引っ越し代として受け取ってください」

「引っ越し代、ですか」

意味がわからず、ワガハイと一緒に首を傾げる。

「ずいぶん迷ったんですが、親父の家は手放すことにしたんです。ですからワガハイの引っ越し代ということで」

俺の膝の上で、ワガハイがあんぐりと口を開けた。

「あの家を、手放すというのか……」

草見先生の家は、うちと同じく古いらしい。人手に渡ってしまったら、家屋の取り壊しは免《まぬが》れないだろう。

「先生の書斎も……一緒に眺めた庭も……なくなってしまうのか……」

猫は人ではなく、家になつくと聞いたことがある。

しかしこれまでのワガハイを見る限り、その説は正しくないようだ。

「まあ……形ある物はいつか壊れると言うしな。遅かれ早かれこうなることは、吾輩とてわかっておった。コミチ。そのなんとか券、受け取ってくれ」

ワガハイが言うならと、俺はお食事券を受け取って草見家を辞去した。


「草見さん、いい人だったじゃないか」

そろそろ日が暮れるという時刻、俺はワガハイと島内を歩いている。

「悪人ではないが、鷹揚《おうよう》すぎるのだ」

先端だけ黒い猫の尻尾は、いささか元気なく垂れ下がっていた。人のいい夫婦を薄情者と疑ったことに、多少は罪悪感があるようだ。

「ワガハイの、探偵猫への道は遠いな」

「そうでもないぞ。事件はあったし、犯人も見つけた。おまけに報酬まで得られた。おかげでコミチはうまいものが食える」

いまの俺たちは、ワガハイの案内でレストランに向かっていた。一応は事件を解決できたので、約束通りささやかに祝うためだ。

「着いたぞ。先生も気に入っていた店だ」

テラス席の眼下に、稚児ヶ淵が一望できるオーシャンビュー。そう言うとこじゃれた店のようだが、創業百年の老舗らしく雰囲気は落ち着いている。

ワガハイのおすすめに従い、江の島名物の「しらす丼」を注文した。

やがて運ばれてきたのは、ごはんに生しらすと海藻をトッピングしただけのシンプルな料理だ。素材一本勝負の清々《すがすが》しさに、期待が膨らむ。

「ワガハイも、食べるよな」

「無論だ。そのなんとか券は、ワガハイの引っ越し代だからな」

店にくる前に家に寄り、食事をシェアするための小皿を用意してあった。皿に生しらすを載せてやると、ワガハイはがつがつと食べ始める。

「このとろけるうまさよ。早くコミチも食え」

そうしようと、しらす丼を口へ運ぶ。

「ああ、うまいな」

想像した通りの、ねっとりした食感と海の香り。

しかし味は想像よりも複雑で、目を閉じてゆっくりと楽しみたくなる。

「どうだ、コミチ。きてよかったか」

「ああ。たかが飯だと思っていたが、なんというか感動したよ」

ささやかながら、事件を解決したこと。

オレンジ色に染まる海を眺めながらの食事という、非日常感。

そういうものも加味されているだろうが、やはり飯自体がしみじみとうまい。

魚の鮮度はそれだけで、調理の技術や素材の価値を上回ると知った。

「コミチ、島に猫が多い理由を知っておるか」

俺の言葉に機嫌をよくしたらしく、ワガハイの尻尾はふよふよ揺れている。

「ああ。越してくる前にネットで見た。捨て猫が増えたんだろ」

吾輩がにやりと笑い、ちっちと指のように尾を振った。

「それは近年の話だ。猫は昔から、人に混じって生きてきた動物だ。この国は肉よりも魚のほうがよく獲れる。特に島は漁が盛んだ」

漁師が陸へ戻って網から魚をはずすとき、雑魚だった場合は海に戻すか、その辺の猫に向けて放るらしい。それに味をしめた猫たちが群がるようになり、やがて島や港町には猫が増えたそうだ。

「そうして猫が増えたから、気兼ねなく猫を捨てる人間も増えたというわけか」

「うむ。だが最近では、島の猫は数を減らしている」

「それもネットで見たな。観光客が連れ帰ってしまうと」

島の猫たちは、特定の誰かが飼っているわけではない。しかし地域猫として、手間ひまをかけて世話をしている人たちがいる。

「吾輩はこの島が好きだ。ここには遠い昔の、人と猫の交わりがいまも残っている。観光にくるのはかまわんが、そっとしておいてほしいものだな」

黄昏《たそが》れてゆく空を見つめながら、ワガハイは目を細めている。

俺も黙って同じ景色を眺めた。

潮騒《しおさい》が聞こえ、磯の香を嗅いだ。

ビルに遮《さえぎ》られない紫色の空と、空との境が曖昧になった水平線があった。

猫と話すという体験を別にしても、自分がいま暮らしている環境はどこにでもあるものではないのだと実感する。

「ワガハイ。草見先生は、どんな人だったんだ」

「明るいじいさんだった。その雰囲気だけは、息子も似ておるな」

ワガハイは海に目を向けたまま、ぽつぽつと小説家の話を聞かせてくれた。

風貌は昔ながらの文人という感じだったらしいが、それでいて自身の筆名やワガハイのネーミングセンスなど、どこか茶目っ気のある人だったという。

「ここへくると、やはり先生のことを思いだすな」

「じゃあこれからも、ときどき一緒にくるか」

ワガハイが耳と尻尾を、ぴんとまっすぐ立てた。

「コミチ、それはどういう意味だ」

「住むところがなくなるんだから、うちへきてもいいぞという意味だ」

「ふん。馬鹿にするなよ。吾輩は先生に飼われていたわけではない。寝場所くらい、島のどこにでもある」

「別にワガハイを飼うつもりはないが、気にさわったなら忘れてくれ」

そこで会話は途切れ、俺はお食事券で代金を支払った。

店を出てしばらく歩いていると、先行くワガハイがくるりと振り返る。

「コミチ、ここでお別れだ。島にいれば、いずれ顔をあわせることもあるだろう」

「そうだな。またうまい店を教えてくれ」

「うむ。さらばだ」

その日は家に帰って、つむじと一緒に寝た。

翌日は島をぶらぶら散歩してみたが、ワガハイには会わなかった。

その次の日は少し遠出してみたが、やはりワガハイの姿は見かけなかった。


吾輩は猫であるから、人に言葉は通じぬ。

しかし最近、おかしなやつに会った。名をコミチと言う。

コミチは綾野のじいさんの孫で、頭上に白い子猫を載せ、働きもせず、朝から晩まで大根を食し、気ままに猫と会話する、一から十まで面妖な男である。

だがその変人のおかげで、吾輩は心のつかえがひとつ取れた。

先生の墓前に誰も花を供えないという不満を、コミチは見事に解消してくれた。

その働きには満足したし、感謝もしている。

だからといって、コミチに借りができたとは思わない。

この件に関しては、先生の息子が「なんとか券」で報酬を支払っている。吾輩とコミチの関係は対等である。

ゆえに吾輩は、コミチの世話になろうとは考えていなかった。

吾輩がねぐらにしていた先生の家は、もうすぐ人手に渡る。

だが猫が一匹眠る場所くらい、島にはいくらでもある。そう思っていた。

しかしである。

長らく先生の家で世話になっている間に、吾輩のお気に入りだった場所はほとんど新参猫に奪われていた。

「すいませんねェ。ワガハイさんの話は聞いてますが、俺もこの〝陽の当たる石段《ヤサ》〟が気に入ってるんで。それでも〝退去《どけ》〟って言うんなら、〝猫拳《やって》〟もいいですよ」

時代錯誤な若猫にすごまれては、老兵はただ去るのみである。

やりあったら吾輩が勝つのは間違いないが、前途ある若者を痛めつけたくない。くり返すが、やりあったら吾輩が勝つのは間違いない。

そんなわけで吾輩は寝場所を求め、島をおろおろさすらった。

日替わりでクロケットやミャイチらの寝床を間借りしてきたが、知己を頼るのもいずれは限界がくる。

一応先生の家はまだ残っているのだが、どうも戻る気がしない。犬は人に、猫は家になつくという。しかし先生もおらず、先生のものでもなくなった家で丸くなったところで、吾輩は落ち着いて眠れないだろう。

我ながら、義理堅い猫である。

こうして島をほっつき歩く日々の中、綾野のじいさんの家の前はよく通った。塀の上から居間をうかがうと、コミチはいつもぼんやりしている。

高齢の先生ですら、散歩をしたり、友人と将棋を指したりとそれなりに忙しくしていたのに、コミチときたら、大根料理を作り、掃除をして、腕立て伏せをして、たまに縁側でつむじと昼寝をする以外、本当になにもしていない。

思わず最近の若いもんはと説教したくなるが、困ったことにコミチは別にだらだらしているわけでもない。

清貧というか、修行者というか、あいつは自らを律し、隠遁《いんとん》し、ただ時間がすぎるのを待っているような印象がある。

コミチは面倒だと言いながら、なんのかんのと吾輩に手を貸してくれた。その理由を本人は無職だからとか、綾野のじいさんの縁だからと言っている。

しかし吾輩からすると、コミチはどこか捨て鉢というか、自分が抱える問題から目をそらしたいだけのように感じられた。

コミチがどんな問題を抱えているのか、吾輩には見当もつかない。

わかるのは、あの性格ではひとりで問題を解決できなかろうということだ。

コミチは放っておいたら、貯金が尽きたときにそのまま息絶える手あいである。

だから吾輩が綾野家の庭に降りたのは、寝場所を求めたわけではない。

あくまでコミチという人間を、案じてのことである。

「元気そうでよかった。寝場所があるのか心配してたんだ」

縁側で茶を飲んでいたコミチは、吾輩を見るなりそう言った。

「たわけ。心配しておるのはこっちだ」

「ワガハイ、なんて言ったんだ」

小さく心の声が出て焦ったが、コミチには聞こえなかったらしい。「俺はもう猫の声が聞こえないのか」などと、別のことを気にかけている。

「吾輩は毎日快適に眠っておる。そう言ったのだ」

「ああ、よかった。まだ聞こえた」

「コミチ。先生の孫娘が、花を捨てたときのことを覚えているか」

「ああ。ワガハイは呆然としていたな」

「うむ。だがコミチも相当に動揺していたぞ」

吾輩よりもよほど裏切られたような顔をして、コミチはぼそりと口走った。『人間はみんな嘘をつく』と。

「そうだったかな」

忘れているのか、とぼけているのか。コミチは「いい天気だ」などと空を見上げ、指につむじをじゃれつかせている。

だったら意地でも、話させてやろうではないか。

「コミチ、散歩でもいくか。吾輩が島内を案内してやってもいいぞ」

歩いて気分が上向けば、この男もなにかしら語る。そういう算段である。

「それも楽しそうだが、いまはうとうとしかけていたんだ。ワガハイも昼寝していかないか。ここは日当たりがいいぞ」

誘うようなあくびをして、コミチはごろりと横になった。

「昼寝か」

基本的に夜行性の猫にとって、昼はいつだって眠い。

最近は枕が変わってあまり眠れていなかったので、吾輩は誘惑に抗《あらが》えなかった。

「たしかに、いい塩梅である」

やわらかな陽射しの中で、遠い潮騒を聞きながら目を閉じる。

気持ちよくまどろんでいると、ふと先生のことを思いだした。

あの家でも、吾輩は同じように縁側で丸くなっていた。

ときどき先生の話に耳を傾けて、目が覚めたらのびをする。

先生が起きていたら散歩の供をするし、寝ていたら吾輩もまた目を閉じる。

あの居心地のいい日々と、この家は少し似ていた。

ただし、決定的な違いがひとつある。

「コミチは口数が少ない。もっとたくさんしゃべれ」

「なんだよ、やぶからぼうに」

「先生の声を聞きながら眠るのは、いま思えば悪くなかったのだ」

「そうか」

コミチは返事をしたものの、過去を語りだす気配はない。

誘い水をかけてやったのに、なんと鈍感な男であろう。

「先生は頭の中にある物語のこと、江の島の歴史、自分のことや家族のことと、なんでも話してくれた。話の内容はなんだっていい。ただ話してくれたのだ」

「そうか」

ここまで言っても、やはりコミチは黙っている。

もしやこいつは猫と話せる力と引き換えに、情緒《じょうちょ》を失ったのではないか。

そんな憐れみの目を向けたところ、コミチがようやく口を開いた。

「ここへ越してきたときに大根を買ったんだが、もうしなびてきたんだ。やっぱり古いから、安かったのかな」

知るかと言いたかったが、それでもまあ進歩ではある。

コミチが自身の悩みを吐露するようになるには、まだまだ時間を要しそうだ。

となればその日まで、吾輩はここを根城にするしかあるまい。

寝床なぞどこにでもあるが、コミチのためにはしかたないのである。

女心は複雑の極みである

Enoshima is an island of cats

自分が恵まれた猫だって、あたしはよくわかってるわ。

シチリはまだ二十代なのに社長だったから、あのペットショップで一番高いロシアンブルーのあたしを買えた。

あたしみたいな種類の猫は、トロフィーと同じ。

飼育できること自体がステータスで、見せびらかすためのお人形。

あたしの食事は、最高級のペットフード。

室内はあたしのためだけに、いつも適温に保たれている。

ブラッシング専門のトリマーにお願いしているから、青い毛艶はいつも美しい。

あたしはそこらの人間より、よっぽどお金がかかってるわ。

でもそれは、シチリがお金持ちだからじゃない。

「最初はあたし、三毛猫がほしかったの。でもペットショップでクラベルを見て、ひと目ぼれしちゃったのよね。この子はきっと、世界一美しい猫になるって。というかあたしがしてみせるって、思っちゃったのよ」

シチリは純粋に、あたしのことが好きだった。

だからこんなにお金をかけて、あたしを磨いてくれるの。

「やっぱり女の子に生まれたからには、きれいになりたいって思うのよね。もちろん考えかたは人それぞれ。でもクラベルも、あたしと同じタイプでしょ」

そうね。シチリの言う通りよ。

あたしも美しい自分が好き。

シチリのために、もっときれいになりたいと思うわ。

だってシチリは、あたし以外の猫も好きだから。

どのくらい好きかって、都心からわざわざ江の島に引っ越してくるくらいよ。

「通勤途中にも、たくさん猫を見たかったんだよね」

シチリはあたしにお金をかけるけど、資産家ってわけじゃないわ。

だから本人は江ノ電に乗って、片道一時間以上かけて通勤してる。

そこら中に猫がいるこの島に住んで、あたしにうんとお金をかけて、保護猫の里親会にも、途方もない金額を寄付してる。

「あたし、生まれ変わったらクラベルになりたいわ。クラベルは？」

「そうね。人間になるのはごめんだけど、シチリにだったらなってもいいわ」

「今日はパック寿司買ってきちゃった。あたしが一番好きなネタ知ってる？」

「知ってるわ。お寿司じゃなくてガリでしょ」

「クラベルって名前、イギリスの小説家が由来なの。でも作品に感銘を受けたとかじゃなくて、きれいな響きが気に入っただけ。なんかお嬢さまっぽいでしょ」

「ええ。わたくしも気に入っていますわ」

シチリが話しかけてくるたび、あたしは冗談も交えて返してる。

たとえ「なーお」としか聞こえなくても、主人に鳴き返すのは猫の務め。

でもシチリ以外が主人だったら、あたしはきっと鳴かないでしょうね。

「それじゃあ行ってくるね、クラベル」

朝。

玄関でシチリの声が聞こえたので、あたしは優雅に歩いて見送りに向かった。

「ふふ。今日もきれいな毛並みね」

「シチリもね」

実際シチリはいつも着飾っていて、髪の先から足の爪まで輝いてる。

「今日も遅くなりそうだから、いい子にお留守番しててね」

「そうね。でもあのキャットタワーには登らないわ」
「せっかく高いブランド物を買ったんだから、あのキャットタワーでも遊んでね」
残念だけど、あたしはもう子猫じゃないの。
シチリを見送ると、あたしは階段を上って二階の寝室に入った。
踏み台を利用して出窓に飛び乗って、カーテンをくぐって身を横たえる。
よほど天気が悪くない限り、海の向こうには富士山が見えるわ。
でも雄大な景色だって、毎日見ていれば飽きるもの。
ただガラス越しの光が当たる窓辺は、やっぱり気持ちがいい。
だから昼間のあたしは、いつも窓辺で時間をすごしている。
季節はもう秋ね。
十月の陽射しはほどよくあたたかくて、あたしは光の中で目を閉じた。
体があたたまってくると、すぐにうとうと眠くなる。
そこでふっと視線を感じて、まどろみから引き戻された。
薄く目を開けて、窓の外を見下ろす。
自分で毛繕いをするような猫たちが、釣り人の釣果《ちょうか》をとんびと奪いあっていた。
今日も平和ねと目を閉じかけたら、また視線を感じる。

いつの間にか猫が大勢集まって、あたしを見上げてぼうっとしていた。
あたしはこの島で一番美しい猫だから、見られることには慣れている。
視線を集めることだって、悪い気はしないわ。
ただときどき、考えてしまうのよね。
あたしは、見られるためだけに存在する猫だって。
シチリの目を楽しませて、島の猫たちに夢を見させるだけの生き物だって。
それに不満があるわけじゃないわ。
でも太陽の下を歩き回る猫たちを見ると、想像してしまうの。
自分が土の上を、アスファルトの道を、磯の岩場を歩いている場面を。
あたしは外に出たことがないから、光景を思い浮かべるだけ。
土の匂いや感触なんて、一生知ることがないでしょうね。
だってそういう経験がないこと自体が、あたしの価値だから。
あたしは籠の鳥みたいな猫だからこそ、優雅な暮らしを続けていける。
だから島の猫たちには、もっと憧れの目を向けてほしいわ。
身分が違うという優越感を、あたしに感じさせてちょうだい。
もちろんあたしからは、憐れみの視線を向けてあげる。

熱烈なファンだったら、七秒くらいは見つめてあげるわ。

それこそが、あたしという猫の存在意義だからね。

でも中には、勘違いした猫もいるのよ。

逆にあたしを憐れむように、遠くから見上げてくるキジ白。

あのおじいちゃん、あたしが不自由な身の上とでも思っているのかしら。

身の程を知らないって、恐ろしいことね。

あたしはずっとこの家の中で、優雅に暮らし続けていくの。

残念だけど、自分が不自由だなんて思ったことはないわ。

だってあたしは、自由を知らないんだから。

1

「簡単には、釣れないものなんだな」

江の島と言えば、中央にそびえる展望灯台、通称シーキャンドルが有名だろう。

地上約四十メートルからの眺望は絶景で、島一番の観光スポットと言える。

そしてシーキャンドルほど有名ではないが、東の湘南港にも白い灯台があった。

島から湘南港灯台までは長い堤防になっていて、季節を問わず釣り人が訪れるフィッシングスポットになっている。

今日も相変わらず無職の俺は、頭上につむじを載せ、堤防のコンクリートに腰を下ろし、少しでも食費を浮かせようと、海に釣り糸を垂らしていた。

釣りを始めてかれこれ一時間。いまだ釣果はない。

十月だったが太陽が出ているので、暑くも寒くもなくちょうどよい気温だ。

自然、釣り人たちはうつらうつらと船を漕いでいる。

「普通の人間は、金がないなら働くのではないか」

日だまりで丸くなっていたワガハイが、あくびまじりに鳴いた。

もちろん周囲には、「にゃあ」としか聞こえないだろう。しかし俺はある日を境に猫の言葉がわかるようになったので、ワガハイの指摘は耳が痛い。

「猫のくせに、正論を吐くのはやめてくれ」

俺は小声でワガハイに返した。両隣の釣り人は眠っているが、やはり人前で猫と会話するのは気が引ける。

「太公望《たいこうぼう》をしゃれこむ前に、コミチにはもっとやるべきことがあるだろう。ひまを持て余しているなら、せめて手に職をつけるようなことをしたらどうだ」

突然猫語を身につけた俺とは違い、猫はもともと人の言葉がわかるらしい。ワガハイは人への見識も深いので、この辛辣《しんらつ》な口ぶりだ。

「いままさにその最中さ。ゆくゆくは、漁師になろうと思ってる」

「そういう人間は、貸し竿など使わん。コミチ、釣りは初めてだろう」

図星だった。朝の散歩でなんの気なしに島の釣具店を訪れて、ひとつやってみるかと思い立っただけだ。

「ワガハイは、釣りに詳しいのか」

「先生は自分ではやらなかったが、釣り人たちとはよく話していた。だから吾輩も多少は知っておるぞ」

島には大きくわけて釣り場が四カ所あるが、ここは一番初心者向けらしい。

それゆえか、平日なのに釣り人が多い。転落防止の柵がないため、地べたに座ったまま釣りができるのも人気の理由だろう。

「やっぱり、ライバルの少ない場所に移動したほうがいいのか」

「それはコミチが、なにを釣りたいかによるな」

「素人でもさばける魚がいい」

俺の目的は、あくまで食料調達だ。

「ならばアジであろう。このままここで釣ってもいいし、裏磯と呼ばれる辺りに行ってもいい。稚児ヶ淵のほうだな」

「あっちは本物の磯だろう。岩場は落ち着きにくくないか」

堤防は海面から高さがあるので、ここは波をかぶらず糸を垂らせる。

「それなら西浦漁港《にしうらぎょこう》だ。あそこも一応堤防がある。足場は悪くない」

「江の島に漁港なんてあるのか」

「正確には跡地だな。小さいながらに砂浜があるから、いまはマリンスポーツを楽しむ者の出入りが多い。釣り場としては玄人《くろうと》向けだが、この時間なら波もかぶらずのんびりできるぞ」

それなら善は急げだろう。

俺は釣り竿をかついで、移動することにした。

「つむじ、気をつけないと落ちるぞ」

江の島は一周四キロ程度の小さな島だが、坂というか山が多い。

磯と山頂では、高低差が六十メートル近くある。

なので道を歩くと、釣り竿が激しく揺れた。すると頭上のつむじが腕を伸ばしてじゃれつこうとして、落ちそうになり慌てて前足をふんばる。

自分からは見えないが、さぞ頬がゆるむ光景だろう。

そんな想像をしていたら、観光客らしい女性ふたりに声をかけられた。

「すみません。写真を撮らせてもらっていいですか」

これが俺自身にかけられた言葉なら、即座に断っていただろう。しかし彼女たちの目的は明らかにつむじなので、台座として承諾した。

「じゃ、いきますよー」

てっきり自撮りで一枚だと思っていたが、ふたりがそれぞれつむじとツーショットで写りたいらしい。

「ありがとうございましたー」

撮影会を終えた女性たちは、きゃあきゃあと去っていく。

「あの娘たち、吾輩を撮らんとは見る目がないな」

ワガハイはご機嫌ななめらしく、尻尾で地面をたたいていた。

「次からは俺がワガハイを抱えて、一緒に写ることにしよう」

「それがいい。これでも昔は、『島内かわいいランキング』で……おや」

ぴんと尻尾を立てたワガハイの視線をたどる。

すると道の向こうから、つむじと対照的に真っ黒な猫が歩いてきた。

「あっ、猫人間！」

黒猫がこちらに気づいて足を止める。尻尾がぼわんとふくらんでいるので、いきなり全力の威嚇体勢だ。

この黒猫には見覚えがあった。以前ワガハイと俺のどっちが猫又なのかを検証していた際、声をかけたら気味悪がって逃げていったやつだ。

「たしか名前は、ミャイチだったか。この前は驚かせて悪かった」

「ミャイチはおまえなんて怖くない！」

素直に詫びたのに、黒猫は毛をますます逆立てた。

「ミャイチ、落ち着け。コミチは綾野のじいさんの孫だ。悪いやつではない」

ワガハイが間に入り、子細を説明してくれる。

すると黒猫は次第に警戒をゆるめ、俺の周りをぐるぐる歩き始めた。

「ワガハイ。なんでこいつは、ミャイチの言葉がわかるんだ。やっぱり猫人間か」

ミャイチがワガハイに尋ねる。

「わからん。だが言葉を話せるだけで、猫のようなしなやかさはないぞ」

ワガハイはミャイチを落ち着かせようとしていた。さらりと人類の悪口を言われた気がするが、口をはさむのはやめておこう。

「あやしいな。ミャイチはこんなやつ、いままで見たことない」

「じゃあこれから仲よくしていこう。よろしくな、ミャイチ」

タイミングを見たつもりだったが、ミャイチは「ひっ」と喉を鳴らし、きた道を一目散に駆け戻っていった。

「また怖がらせてしまったか。猫とのコミュニケーションは難しいな」

再び歩きだしながら、俺は小さくため息をつく。

「気を落とすな。ミャイチはいずれまたくる」

「そうなのか」

「コミチはすでに有名人だから、猫たちはみな注目しておる。不気味な存在だと思いつつも、好奇心に勝てないのが猫だからな。ほれ」

ワガハイがあごで示した草むらを見ると、猫が数匹逃げていった。

「猫人間は有名人か。妙な気分だな」

あまり好かれても困るが、怖がられるのも本意ではない。

「ワガハイ。どうすれば猫と仲よくなれる」

「コミチは猫と交流を深めたいのか。そんなに猫好きでもあるまい」

「人並みに好きだと思うが」

「嘘だな」

ワガハイが半分閉じたような目で、じいっとこちらを見上げてくる。

「コミチは人との交流を倦《う》んでおるから、猫にそれを求めておるのだろう」

はっとさせられたが、顔には出さないように努めた。

「ワガハイには、そう見えるのか」

「当たり前だ。越してきてこのかた、コミチはろくに人と話していまい」

「さっき釣具屋の主人と話したが」

「語るに落ちたな。人と交流している人間は、店の主人を会話相手に数えない」

困ったことに、ぐうの音も出ない。

「いいか、コミチ。人の生は猫よりも長い。疲れたときには、のんびり休むのもかまわんだろう。この島には、癒やしを求めてくるものも多いからな」

俺もそのひとりだ。飛びつくようにじいちゃんの家に越してきたのは、無料の家賃に釣られただけではない。

誰も自分を知らない場所で、のんびりしたいと思っていた。じいちゃんに不幸がなければ、アジアのどこかに渡っていたと思う。

「だがな、忘れるなよコミチ。人が猫を救っても、猫は人を救わない」

「どういう意味だ」

「そのままだ。『猫の手も借りたい』などと人は言うが、実際に貸してやっても役には立たん。現実的に猫が人にしてやれるのは、せいぜい話を聞くくらいだ」

俺がワガハイの悩みを解決したようには、ワガハイは俺の力になれないと言いたいのだろう。ご自慢の尻尾も下がり気味だ。

「そう卑下するな。ワガハイみたいな話し相手がいるだけで、俺は十分だよ」

「わかっておらんな。吾輩が言っておるのは――」

「小言だろ。若者に説教をしたいお年頃か」

「ワガハイを、じじい扱いするな！」

しゃーっと猫らしい威嚇をされたので、抱き上げて喉を撫でておく。

「ふん。こんなことではごまかされんぞ。だがもっと撫でろ。頭もだ」

「そうしてやりたいが、もう着いたみたいだぞ」

下り坂の向こうに、わずかな砂浜が広がっているのが見えた。

「とりあえず、あの辺りに陣取るがいい」

ワガハイに指示された通り、岸壁伝いに歩いて小さな堤防へ向かう。

コンクリートに腰を下ろして糸を垂らすと、目の前に絶景が広がっていた。

「驚いたな。かなりはっきり富士山が見えるぞ」

隣県だから物理的な距離も近いわけだが、それでも都会では目にすることのない迫力ある景色だ。

「『大きなものを見ると、心も大きくなるのである』。先生もそんなことを言って、海や富士山を見るのを好んでおった」

敬意を払うかのように、ワガハイは姿勢よく山影を見つめている。

「さすが先達《せんだつ》の言葉には、含蓄《がんちく》があるな」

心が大きくなるというのはピンとこなかったが、気持ちがいいのはたしかだ。

日柄は変わらずで、陽射しはぽかぽかと気持ちがいい。

ワガハイが丸くなって眠ったので、俺は竿を片手に黙々と富士山を眺めた。

ときおり遊覧船に乗った子どもたちが、頭上のつむじに手を振ってくれる。

カヌーを楽しむ人々が、軽く会釈して通りすがっていく。

肝心の魚とは出会えないが、こうしている時間は悪くない。

退屈だと人はあれやこれやと考えがちだが、心の中は凪《な》いでいる。これが先生の言った、『心が大きくなる』というやつかもしれない。

「富士山と、二匹の猫と、海と釣り」

教養のかけらもない、俳句に似たものが口から出てくる。

ワガハイに無口と罵られる俺にしては珍しい。それだけ気分が上向いているということだろう。雄大は偉大だ。

「さておき、一向に釣れる気配がないな」

ここへきてから、もう二時間ほど経過していた。

それでもまあ、飽きずに座ってはいられる。江の島はどこものんびりしているが、ここほど穏やかに時間が流れる場所もない。

「なんだコミチ。釣り場を独占しているのに坊主とは情けない」

目覚めたワガハイが、地に前足を突っ張って大きく伸びをした。

「今日は初日だからな。いつかは釣ってみせるさ」

「ほう。釣りが気に入ったか」

「釣りというか、この島がさらに気に入った」

「おかしなものだ。コミチは本当に先生とよく似たことを——」

くどくどとしゃべっていた小言猫が、ふいに言葉を切った。

横目で見ると、ワガハイは目を細めて遠くの建物を見上げている。

その二階の窓辺に、はっとするほど美しい猫がいた。

「美人、いや美猫だな。ワガハイの歳でも見とれるほどか」

「見とれてなどおらん！　ついでに吾輩はそんな歳でもない！」

若さを主張したいのか、ワガハイが牙と爪をむきだしてくる。

「そりゃ悪かった。で、あの猫がどうかしたのか」

「あれはこの辺りの猫にとって、憧れのマドンナだ」

「マドンナ」

最近あまり聞かないというか、少し古さを感じる言葉だ。

「いま風に言えばアイドルか。だがあれが家から出ているのを見た猫はいない。そういう意味では、『憧れの淑女《マドンナ》』いう言葉がふさわしい猫だ」

「なるほど。それで年甲斐《としがい》もなく、うっとりと見つめていたわけか」

「違うと言っておろう！　……なんとなく、さびしそうな目だと思っただけだ」

「さびしそう、か」

飼い猫と地域猫は似ているようで、住む世界が異なっている。

あの深窓《しんそう》の令嬢からすれば、自由気ままに生きる島の猫たちがうらやましく見えているのかもしれない。

「吾輩のことより、コミチこそどうなんだ」

ワガハイの尻尾が、ぴしっとやわらかく太ももをたたいた。

「なんの話だ」

「コミチだって年頃のオスだろう。夫婦《めおと》になろうという相手はおらんのか」

聞いた瞬間、脳裏に稲村の顔が浮かんだ。

「その反応、ひょっとして片思いか」

目ざといワガハイは見逃してくれない。

「結果的には、そういうことになるかもな」

「すでに破れた恋慕《れんぼ》か。なら吾輩が聞いてやろう。詳しく申せ」

「聞いてもわからないさ。人間は複雑だからな」

「ワガハイが単純だと愚弄《ぐろう》する気か！」

しゃーっと毎度の威嚇をされたので、素早く猫腹に手を伸ばした。

「おふっ……やめろコミチ！」

やめない。

「くぉ……腹がよじれる……ぬふぅ！」

ワガハイは涙目だ。

「ふおっ……無言で腹を撫で続けるな！　失恋の八つ当たりはよせ！　んっふ！」

たしかに八つ当たりかもなと撫で続けていると、ポケットに振動があった。

「はあ……はあ……これはなんの音だ？　竿に当たりがきたのか？」

「残念ながら、スマホの着信だな」

「なんと。コミチはその手の文明品を、持っていないと思っていた」

「俺をなんだと思っているんだ」

画面を確認すると、チャットアプリに通知がきていた。長文だったのでトークルームを長押しして、既読をつけずに内容を確認する。

「コミチ、ほっとした顔だな。誰からの連絡だ。どんな用件だ」

「うるさいな。年頃の娘を持つ父親みたいだぞ」

「コミチこそ思春期の娘か。『お父さんには関係ないでしょ！』か。そんなもの、関係あるに決まっておるだろう！　手塩にかけて育てた娘だぞ！」

ワガハイはあらぬ方向に憤慨している。

「辞めた会社の同僚からだよ。飲み会の誘いだ。これでいいか」

「意外だな。コミチは会社の人間関係に失敗したと思っておったが、酒宴に誘われるということはそうでもないのか」

飲み会の参加者リストには、稲村の名前も含まれていた。

それを見た瞬間は、元気になったのかと安堵した。

しかし一方では、胸の奥がちくりとうずいている。

「コミチ、その酒宴には参加しろ。たまには猫以外とも交流すべきだ」

再びの小言に辟易し、俺は竿をかついで立ち上がった。

「ああ。行けたら行く」

「どこへ行く。それは行くつもりがないときのセリフだろう」

「帰るんだ。降られないうちに」

遠くの空に、大きな雲が出てきている。

「あの程度なら問題ないぞ。吾輩の鼻は、雨の匂いを嗅いでいないからな」

だが富士山は見づらくなっている。

大きな心がしぼんでしまう前に、俺は我が家へ戻ることにした。


しなびてきた大根を使い、夕食はミルフィーユ鍋にした。

調理方法は、豚バラと大根を交互に並べて出汁《だし》で煮るだけ。

普通は白菜で作るものらしいが、大根でもうまいとレシピサイトにはあった。

「いただきます」

手をあわせて軽く頭を下げると、頭上でつむじがふんばる感触があった。毎度のことながら、ふふと笑みがこぼれる。

「うん、うまいな。まあ豚バラだし当然か」

久しぶりにミンチではない肉を食ったので、そのうまみに舌がとろけた。

そして同時に反省もする。

魚が釣れなかったので、スーパーで衝動的に高い肉を手に取ってしまった。ついでに秘密兵器というか、猫グッズも買ってしまった。

これではなんのための倹約料理かわからない。明日こそはなんとしても、食える魚を釣りたいところだ。

「うむ。うまい。いい肉だ。大根にも味がしみこんでおる」

ワガハイは畳の上で、小皿の大根を舐めるように食べている。猫舌対策として、料理はあらかじめ取りわけて冷ましてあった。

「猫の舌でも、このうまみがわかるのか」

たしか猫は味を感じる味蕾《みらい》細胞が、人間よりも大幅に少ないはずだ。

「味は舌ではなく匂い、すなわち嗅覚で感じるものだ。コミチだって、鼻をつまんで食うと味がしまい」

「言われてみればそうだな」

「この出汁は香りがいい。魚だろう。甘くてうまい」

たしかに、かつお風味の顆粒出汁ではある。パッケージを確認すると、原材料には砂糖が含まれていた。

「すごいな。ワガハイは食通の舌を持っている」

「先生にいろいろ食わせてもらったからな。コミチはなかなか料理がうまいぞ」

「俺は初心者だよ。レシピを見ながら作れば失敗はしない」

「料理を始めたのは、食費の節約のためだけか」

いつもながら、こういうところがやけに鋭い。

「たぶん、ちゃんとしたかったんだ」

「漠然としすぎだ。さっぱりわからん」

「俺も曖昧なんだ。人に頼らず生きる、というのが近いかな」

自分のことは自分でやる、当たり前の大人。

親や社会や恋人の庇護《ひご》を必要としない、独立した人間。

そういうものになりたくて、俺は飯を作っているのだと思う。

「それはいかん。ますます孤独が加速するぞ」

ワガハイが皿から顔を上げ、心配そうに見上げてくる。

「大丈夫さ。人恋しくなったら、ネットやアプリで誰とでも話せる」

「なぜそうなる。酒の席に誘われておるだろう。まさか行かぬ気か！」

ワガハイが片手で腹を隠しつつ、半端に威嚇の姿勢を取る。

「今日の釣果が坊主だったのは、仕掛けが悪かったらしいにゃ」

「話をそらしつつ、猫撫で声ですり寄ってくるな。撫でさせんぞ」

「調べた結果、アジやイワシを狙うならサビキ釣りがいいようにゃ」

「いいか、コミチ。招かれた酒宴には行け」

かたくなに腹をガードしつつ、ワガハイは尻尾で俺を牽制した。

「いまは新しく始めたことが楽しいんだよ。料理も、釣りも」

「それはいいことだ。だが人とも交われ」

「猫のくせにお節介だな」

「お節介ではない。コミチが孤独死したら、寝覚めが悪いからな」

ワガハイの尻尾は、へたんと畳についている。縁起でもない言葉を使ったのは、それだけ俺を心配しているかららしい。

「わかったよ。飲み会の件は、一応考えておく」

「考えるな！　参じろ！」

ワガハイが怒りの鉄拳を食らわすように、猫手で飛びかかってきた。

俺は隠し持っていた秘密兵器を取りだし、ほれと遠くへ投げる。

「むっ!?」

転がる毛糸玉を追い、ワガハイが全速力で駆けていった。

つむじも俺の頭から飛び降り、毛糸の玉に突っこんでいく。

「つむじにしか使えないかと思ったが、ワガハイにも効果てきめんだな」

ワガハイはふんすふんすと鼻息荒く、毛糸玉との格闘に夢中だ。たぶん俺の声も耳に届いていないだろう。

猫じゃらしなども買っておいたので、しばらくはこの手で逃げられそうだ。

2

西浦漁港の堤防から見る富士山は、今日もひたすらに荘厳《そうごん》だった。

冠雪《かんせつ》の白、そして海とも空とも違う青い山肌のコントラストは、もはや自然を超えた神聖なものに感じられる。神は芸術家としても優秀だ。

俺のかたわらでは、ワガハイが背中を丸めて眠っていた。

頭上のつむじも、きっと寝ているだろう。

昨日と同じのどかな時間だが、俺は真剣に海を見つめていた。

今日は「サビキ」と呼ばれる釣りかたを試している。

糸に籠と多数の針を結び、コマセというエサを撒きつつ小魚を釣る手法だ。

ところでこうして棒状のものを握っていると、子どもの頃を思いだす。

じいちゃんの家の近所で、白い子猫を見つけたことがあった。

俺は触れてみたくて近寄った。

すると巨大な猫が立ちふさがり、片方しかない目で俺をにらみつけた。拾った棒きれを持っていたから、子猫をいじめると思われたのだろう。

俺は恐怖で泣き帰り、ずいぶん長くばあちゃんになぐさめてもらった。

「――きたか！」

物思いにふけっていると、竿の先が揺れた。

焦らずに、ゆっくりと貸し竿のリールを巻き上げる。

海面にコマセの籠が見え、次第に魚が姿を現す――。

「なんと。たいした大物だな」

寝ていたワガハイが片目を開け、ふっと薄笑いした。

針にかかっていたのは、大物どころか小魚だ。たぶんイワシだろう。

「馬鹿にしたものじゃないさ。なにしろ二匹だ」

釣り糸をたぐり、籠の下で枝分かれした針から小魚をはずす。左右にそれぞれ一匹ずつ。初めての釣果としては上出来だ。

「二匹では吾輩の腹の足しにもならん。二十匹はほしいところだな」

「任せろ。コツはつかんだ」

魚をクーラーボックスに入れ、よしと竿を振るおうとしたときだった。

「ゴャア！」

尻尾を踏まれたような猫の声が、どこからともなく響いてくる。

「いまの、ワガハイじゃないよな」

「当たり前だ。吾輩は上品な猫である」

「以前、同じ声で鳴いていた気がするが」

などと軽口をたたいていたら、「みゃっ！」だの、「ふぎゃあ！」だの、あちこちで情けない声が連発した。

「いったいなんなんだ」

ワガハイと一緒に辺りを見回すと、磯へ降りる坂に驚くべき存在がいる。

「なんと……！」

あんぐりと口を開けたワガハイの前を、一匹の猫が優雅に通りすぎた。

その毛は青みがかった灰色で、美しく刈りそろえられている。思わず見とれる気品のある顔には、エメラルドのような瞳がふたつ並んでいた。

「あの猫、昨日話題にしていたマドンナだろう」

窓越しでない実物を見ると、猫はまさに芸術品のような美しさがあった。

しかし島の自然とは調和せず、磯の岩場で明らかに浮いている。

「ワガハイ。なんで深窓の令嬢が、こんなところをうろうろしてるんだ」

「吾輩が知るわけないだろう。だが、気にはなるな」

そう思ったのは、ワガハイだけではないらしい。

いつの間にか周囲には、大量の猫が集まっていた。みなが遠巻きにして、マドンナの動向をうかがっている。

「やあ、子猫ちゃん。今日はお屋敷を抜けだして散歩かい」

マドンナの隣を、一匹の茶虎が並んで歩き始めた。

「よかったら、僕が素敵な場所へ案内するよ。ここは足場が悪いしね」

以前につむじが食べなかったエサを平らげた、世渡り上手のコロッケ猫だ。

「おお、色男のクロケットがいったぞ」

「あいつまた、『やきもち焼きのモチ』に引っかかれるんじゃないか」

猫たちがひそひそとささやいている。俺には区別がつかないが、どうやら猫社会ではモテるタイプの猫らしい。

「クロケットはたらしで有名だ。面相がいいのを鼻にかけておるが、中身はそう悪いやつではない。マドンナがどう出るか見物だな」

ワガハイが補足してくれる。

人の恋愛事情に興味はないが、猫ならちょっと見てみたい。

俺もそれなりに固唾《かたず》を吞み、二匹の様子を見守った。

「悪いわね。坊やはお呼びじゃないの」

マドンナが素っ気なく答える。

「でも僕、この顔がかわいいって言われてるんだよ」

クロケットは引き下がらない。

「あたし、尻尾に魅力を感じるタイプなの」

「オッケー。じゃあ少し前を歩くよ」

クロケットが素早くマドンナの前に出た。

「あら、素敵な尻尾ね」

「本当？　動かすのも得意だよ」

「いいわね。ずっと見ていたいわ」

そう言うと、マドンナはくるりと踵《きびす》を返した。

気がついていないのか、クロケットは尻尾を振りつつ遠ざかっていく。

「一枚上手だな。飼い猫にしては、なかなかの女ぶりよ」

ワガハイがくつくつと笑い、楽しげに尻尾を揺らした。

周囲の猫たちも心を射抜かれたようで、あちこちからため息が漏れ聞こえる。

「可憐だ……」

「美しい……」

「せめて名前が知りたい……誰か聞いてきてくれないか」

猫たちは顔をつきあわせ、ひそひそとささやきあっている。

「ワガハイがいいんじゃないか。坊やはお呼びじゃないって言ってたし」

「うん。きっとマドンナはジジ専なんだよ。ワガハイなら間違いない」

「誰がじじいだ！　吾輩はそんな歳ではない！」

ワガハイは叫んだが、すぐに咳払いをして続ける。

「だがまあ、飼い猫が外をうろついているのは気になる。注意くらいはしたほうがいいかもしれん。それができるのも、吾輩くらいであろうな」

代表に指名されたこと自体は、まんざらでもなかったらしい。

「待ってました！　島の顔役！」

「ふたことめには小言猫！」

「最近丸くなったよね。背中が」

周囲から野次、というか悪口にほど近い歓声が飛ぶ。

「黙って見ておれ！」

ワガハイは猫たちを一喝すると、鼻息荒くマドンナに近づいていった。

「もし、お嬢さん」

その第一声のレトロっぷりに、俺は吹きださずにいられない。

「ここは危険な島ではない。だが初めての外出で、一匹歩きは感心せんな」

たぶんかっこうつけているのだろう。ワガハイは心持ち横を向き、自慢の髭を海風になびかせていた。俺は笑いすぎて腹筋が痛い。

「あら。おじいちゃんこそ、転んでぽっくり逝かないように気をつけてね」

「わっ、吾輩はおじいちゃんではない！」

「『おじいちゃん』って呼ばれて怒るの、おじいちゃんだけよ」

「コミチぃぃぃぃ！」

マドンナに鼻であしらわれたワガハイが、べそをかきながら戻ってきた。

「吾輩、おじいちゃんじゃないもん！」

よしよしと、なぐさめながら頭を撫でてやる。

「コミチ、あいつになんとか言ってやってくれ！」

そう言われてもなと肩をすくめると、周囲に猫たちが集まってきた。

「ねーこにんげん！　ねーこにんげん！」

どうも猫たちは、俺を鼓舞《こぶ》しようとしているらしい。

「頼むよ猫人間！」

「あんたしか頼めるやつがいないんだ！」

「がんばれ大根マニア！」

最後のはよくわからないが、猫たちが必死なのは伝わった。

もともとは気味悪がられていたはずだが、猫たちにとっては俺よりマドンナの名が気になるのだろう。ならばひと肌脱ぐのも、やぶさかではない。

「しょうがないな」

俺はパーカーの袖をまくり、磯へ降りたマドンナへ近づいた。

「知ってるか？　きみはこの辺りの猫から、『マドンナ』と呼ばれているんだ」

「嫌だわ、古くさい。あたしを呼ぶならクラベルにして」

マドンナことクラベルは、おっかなびっくりの手つきで貝をつついている。初めて見る生き物に夢中なようで、こちらを振り返りもしない。

「それ、食うとうまいんだ。まあ猫に貝はまずいらしいが」

その言葉で、クラベルはようやく顔を上げた。

「あら、人間だわ。おにいさん、猫の言葉がわかるのね」

それなりに驚いた声だったが、尻尾や耳に感情は出ていない。

「ああ。どうやらそうらしい。クラベルは海辺を散歩か。たしかにいい天気だが、飼い主が心配してるんじゃないか」

「せっかくいい男なのに、おしゃべりで台無しね。おにいさん女の子にモテるけど、つきあったらフラれるタイプでしょう」

クラベルにばっさり斬られ、思わずたじろいだ。

「図星かしら。元気だしてね。いい男のおにいさん」

クラベルはふふっと笑い、優雅な足取りで磯から去っていく。

俺は重たい足を引きずって、ワガハイのいる堤防へ戻った。

「大丈夫か、コミチ。ちょっと涙目になっておるぞ」

「問題ない。泣いてない。俺はぽれっ、これっぽっちも動揺していない」

「無感情人間のコミチが嚙み嚙みに……あのお嬢さん、ただ者ではないな」

ワガハイを始め、周囲の猫たちが一斉にうなずいた。

「でも猫人間の旦那《だんな》。あの子の名前を聞けたのはすごいぜ」

「ああ。あんたクロケットよりもイケメンだ」

猫たちが盛り上がり、再び「ねーこにんげん！」とコールが巻き起こる。

俺は半ばやけくそな気持ちで、両手を掲げて賞賛を浴びた。

「しかしあのクラベルとかいう娘、やはり気になるな」

足下のワガハイが、尻尾をふわふわ揺らしている。

「大丈夫じゃないか。箱入りというより、したたかな猫だったぞ」

「そういう風にしか振る舞えん猫もいる。コミチ、少し頼まれてくれんか。お嬢さんの家の様子を知りたい。主人の話も聞ければなおいい」

丘の上の家を振り返り、ワガハイがじっと二階の窓を見上げる。

「ワガハイは、クラベルのなにがそんなに気になるんだ。前に見たときは、さびしそうな目だと言っていたが」

「あの娘は、いまもどこかさびしげな表情だった。あれは念願の自由を手に入れたという感じではない。心になにか抱えておる」

　俺自身は、クラベルを見てそうは感じなかった。しかしワガハイは鋭い猫だし、これまでのところ年の功はあてになる。

「わかった。クラベルの家にいこう」

「相変わらず、コミチはすぐに猫の頼みを聞いてくれるな」

「俺はお人好しなんだ」

　ワガハイは疑いの眼差しを向けてきたが、それだけでなにも言わなかった。


「これはまた、ずいぶんと洒落た家であるな」

　クラベルの家はこぎれいというか、デザインの凝った戸建てだった。おそらくは別荘向けの物件で、資産家が一時的に住んでいるのだろう。

「どう思う、ワガハイ。正面からインターホンを押していいものかな」

「裏口から行くほうがあやしかろう。それよりコミチ、あれを見ろ」

家の前の細い通りを、女性が不安気《ふあんげ》な顔で歩いていた。

年齢は俺と変わらない。しかしひと目で高級とわかるスーツを着ている。髪やアクセサリーも派手で、いかにも金がかかっていそうだ。

「あの、すみません。うちの猫を見かけませんでしたか」

派手な女性が恐縮した様子で、手に持ったスマホを見せてきた。

画面に映っている猫は、置物のように背筋を伸ばして美しく静止している。毛色は青みがかった灰色で、瞳は深い緑だった。

どうやらこの女性が、クラベルの飼い主らしい。

「きれいな猫ですね。脱走したんですか」

先ほど会ったクラベルの様子だと、虐待やネグレクトの線はないとは思う。とはいえほかに猫が逃げだす可能性も思い浮かばないので、いまのうちいくらか探っておきたい。

「脱走……そうかもしれませんね。あたし、あの子にひどいことを言ったから」

女性はいまにも泣きそうな顔をしている。

「コミチ。もう少し詳しく話を聞きたい。しかし心配は不要だと教えてやれ。このお嬢さんは、本気でクラベルを案じておる」

ワガハイに無理難題を押しつけられたが、抗議するわけにもいかない。

「この島は広くありません。車も皆無なので事故の心配はないでしょう。猫が弁天橋を渡ることはまずないので、隅々まで探せばすぐ見つかりますよ」

「でもあたし、島の地理には詳しくなくて……」

「コミチ。『よければ一緒に探しましょう』と言え」

「いや、俺だって地理には詳しく――」

「そうですか……」

うっかりワガハイに返した言葉に、女性がますます悲しそうになった。

「コミチには吾輩がおるだろう！　いますぐ取りつくろえ！」

誰のせいでこうなったとも言えず、俺は足下のワガハイを指さした。

「俺は詳しくないんですが、こいつは島の地理に明るいようです。いまは時間があるんで、猫探しをお手伝いできますよ」

唐突すぎて警戒されるかと思ったが、女性はぱあっと明るい顔になった。

「ありがとうございます！　あたし、シチリって言います。猫はクラベルです」

シチリの字面が思い浮かばないが、なんとなく姓ではない気がする。

あわせていくべきか少し悩み、フルネームで答えることにした。

「俺は綾野小路です。こいつがワガハイで、こっちがつむじです」

最初に足下、次いで自分の頭を指さす。

するとシチリさんが吹きだした。

「ふふ、面白い。それにすごく、お金持ちっぽい苗字ですね」

いままでの人生で、俺は幾度となく「綾小路《あやのこうじ》」さんだと勘違いされている。だから事前に説明するのだが、最近は人と話していないのでうっかりしていた。

「綾野が姓で、小路が名前なんです。言いにくかったらコミチでどうぞ」

「綾野さんって、ユニークな人ですね」

姓で呼ばれたということは、シチリもそうなのだろうか。俺だけ自己主張の強い人間と受け取られたと思うと、無性に気恥ずかしくなった。

「コミチよ。前々から思っておったが、その名前のセンスは実に先生っぽいぞ」

ワガハイに言われ、はっとなった。

俺の名前をつけたのは、じいちゃんだったと聞いている。

しかしじいちゃんは、人にダジャレじみた名前をつけて喜ぶ性格じゃない。ほかの誰か——たとえば懇意にしていた小説家に——入れ知恵された可能性はある。

「そうかそうか。コミチも吾輩と同じく、先生の犠牲者だったたか」

足下でワガハイが、にやにやと尻尾を揺らしている。

「綾野さん、どうかしたんですか」

どうかしてるのは、「草見した」という小説家です。

シチリさんに問われ、うっかりそう答えかけた。


「綾野さん。入洞料、五百円らしいです。あたしが払いますね」

シチリさんと一緒に、まずはさっきクラベルがいた西浦漁港に戻った。

しかし見当たらない。そこらでひなたぼっこしていた猫たちに聞くと、「岩屋」のほうへ向かったという。

「江の島岩屋は、島のもっとも奥にある波食洞窟《はしょくどうくつ》である。弘法大師《こうぼうだいし》が修行した土地としても有名だ。江の島における信仰の中心とも言えるが、猫にとって魅力的とは言い難いな。まあ一応見ておくか」

ワガハイの指示を受け、俺はそれとなくシチリさんを岩屋へ誘導した。

「すみません、シチリさん。今度コーヒーでもご馳走します」

「なに言ってるんですか。つきあってもらってるのは、あたしですよ。でも……また会えるならうれしいな」

ふと視線を感じて足下を見ると、ワガハイがにやにやしていた。

「コミチよ。季節は秋だが、春風が吹いておるのう」

このセンスでは、猫たちからじじい呼ばわりされるのも無理はない。

「シチリさん。まずは第一岩屋から探しましょう」

「はい。クラベル、どこにいるの」

観光客に配慮した小声で呼びかけつつ、俺たちは細長い洞窟を進んだ。

通路には行灯《あんどん》のような照明が点々と設置されている。おかげで洞窟内はある程度は明るいが、青灰色の猫を探すには心許《こころもと》ない。

「寒いな。上着を持ってくればよかった」

洞窟内は体感温度が低く、思ったことが口に出た。

「すみません。これ、羽織りますか」

シチリさんがジャケットを脱ごうとしたので、俺は慌てて制する。

「とんでもない。大丈夫です。すいません」

俺は手伝いの立場なのだから、シチリさんが気を使うのは当たり前だ。じじいと呼ばれる猫のほうが、よほど気が利いている。

「まあ若いうちはそんなものだ。気を落とすなよ、コミチ」

ワガハイにまでフォローされ、さすがに情けなかった。

きっとこういうところも、稲村からは頼りないと思われていたのだろう。

「やっぱり、猫って人間の言葉がわかるんでしょうか」

ふいにシチリさんに言われ、胸がどきりと鳴った。

「どう……なんでしょうね。わかっているような顔はしていますが」

「たぶん、わかってるんです。だからクラベルは……」

薄暗くて表情は見えないが、シチリさんの声は沈んでいる。

「あたし、こう見えて社長だったんです」

あの家に暮らしているのだから、裕福な身の上であることは想像がついた。

「キャバクラで働いている女の子向けに、起業のコンサルをしてました。ネイルサロンを開きたいとか、カフェをオープンしたいとか、そういう子たちの事業計画を一緒に考えたり、内装工事の会社やビルのオーナーを紹介したりです」

派手な見た目に反し、意外としっかりした仕事だなと思う。

「けっこう儲かって、うまくやってたんです。会社もスタッフが増えて、新しい事業にも手を出しました。後継者不在の小さな工場をM&A支援したり——」

「コミチ。吾輩には、シチリ嬢がなにを言っておるのかさっぱりわからん」

洞窟の地面を歩きながら、ワガハイが尻尾をやや下げる。

「なるほど。シチリさんは、かなり手広くやられていたんですね」

「コミチ、翻訳が雑だ。M&Aとはなんだ」

合間にしゃべられるとややこしいので、しばしワガハイは無視する。

「ええ。おかげで借金がかさみました」

薄暗い光が、弱々しく笑うシチリさんを照らした。

「でも新しい事業が軌道に乗るまではしかたないから、あたしは資金調達に奔走していました。嫌なことも……たくさんありましたね」

「それ、話さなくていいですよ」

「優しいんですね、綾野さん」

そういうつもりはなく、単に自分が聞きたくないだけだ。

たぶんワガハイも、俺と同じことを言うだろう。

「あたし、がんばっていました。そしてがんばり続けていたら、少しずつ業績が上がってきたんです。あたしはそれまでの疲れを癒やそうと、クラベルと一緒に江の島へ越してきました。猫が好きなんです」

「島の猫とクラベルが、シチリさんの癒やしだったわけですね」

「島の猫はそうですけど、クラベルはちょっと違うかな。クラベルはあたしにとっての家族です。養う家族がいると、がんばろうって思えますよね」

　独身の俺でも、想像することはできる。俺にも家族になりたい相手はいた。

「でも、のんびりはできませんでした。不採算事業をどうにかしろと、出資元に言われていたんです。せっかく江の島に越してきたのに忙しくなって、おかげで半年も住んでいるのに、どこになにがあるのかさっぱりです」

　情けないなあと、シチリさんが苦笑いする。

「いままさに、島の名所を散歩していますよ」

　なぐさめになれば儲けものと、軽い気持ちで言ってみた。

「本当。おかしなものですね」

　低くなってきた天井を見て、シチリさんが目を細める。壁を伝う水滴を見つめるような経験は、久しくしていないのだろう。

　ひとまず、シチリさんの置かれた状況は理解した。

　次は、クラベルが家出をした原因のヒントがほしい。

「シチリさんは最初に、『社長だった』と過去形で言いましたね」

「すごい。綾野さん、仕事ができる人でしょう」

「残念ながら、無職です」

「だったら、あたしが雇いたいです。いまはもう、無理ですけど……」

俺はなにも言わず、シチリさんが話し始めるのを待った。

「結局ね、あたしは社長をクビになったんです。資金調達先の条件をクリアできなかったので。残ったのは、個人名義でしていた借金だけになりました」

「じゃあ、あの家は」

「出ていきます。一緒にクビになった社員がいるんですが、しばらくその子のアパートに居候することになりました」

あははと、シチリさんは無理やり笑った。

「それは、残念ですね」

「でもまだ数日はいます。ただお金はないので、食事からなにから、すべて切り詰めていました。申し訳ないけど、クラベルのごはんも……」

シチリさんは表情を曇らせ、訥々《とつとつ》と語った。

いつも最高級のキャットフードを食べていたクラベルは、百円未満の猫缶には見向きもしてくれなかったらしい。

それでつい、言ってしまったそうだ。

「『ごはんが食べられるだけ、ありがたいと思ってよ。そうじゃないと、あなたを売らなきゃいけなくなるんだから』って」

「だから気になるんですね。猫が人間の言葉をわかるかどうか──」

どんと、胸に衝撃を感じた。

「……っ、ごめんなさい。綾野さん、ちょっとだけ、しがみつかせてください。痛いかもしれません。ごめんなさい」

腕ごと抱きしめられたので、俺はなすすべもなく立ちつくす。

「大事な家族にあんなことを言った自分が、悔しくて、情けなくて……」

ぎゅうぎゅうと、体が強く締められた。

筋トレ、バッティングセンター、ぬいぐるみへのハグ──あふれる感情を力として外に放出しないと、心に負のエネルギーが溜まってしまう人がいる。

俺もその気持ちがわかるので、痛くともいまは我慢すべきだ。

「猫は……人間の言葉をわかりませんよ。人間も……猫の言葉がわかりませんし」

いまの俺はスープレックスで投げられまいと踏ん張るプロレス選手のように、苦悶の表情を浮かべていることだろう。

「コミチ、なぜ嘘をつく。まさかシチリ嬢に惚れたのか」

違うと足下に否定したかったが、痛みでなにも返せない。

「……ふう。ごめんなさい。綾野さんは、本当に優しい人ですね。あと意外と鍛えられてるんですね。なにかスポーツされてたんですか」

ようやくシチリさんが力を抜いて、俺の縛《いまし》めを解いてくれた。

「スポーツはしてませんが、嫌なことがあると筋トレを少々……」

動機が恥ずかしすぎるので、言葉が尻すぼみになる。

ただそのおかげで、シチリさんは笑ってくれた。

「こんなに素敵な男性なのに、綾野さんめちゃめちゃ暗いですね！」

それはもう、けらけらと笑ってくれた。

「……この先は行き止まりみたいです。一応チェックしてみますが、クラベルがいなければ第二岩屋へ向かいましょう」

なんとも言えない気持ちになり、暗い岩屋を先行する。

最奥らしき場所には祠《ほこら》があった。

脇の案内板には、『江島神社発祥の場所』と記されている。

祠の前には、子を抱えた狛犬が並んでいた。

さらにその前に、同じく彫像のように背筋を伸ばしたクラベルがいる。

シチリさんが駆け寄ると、クラベルは抵抗もせず抱かれた。

「クラベル！」

「洞窟って初めてきたけど、声がよく響くのね。シチリとおにいさんの話、全部聞こえて笑っちゃったわ」

飼い主の腕の中で、クラベルが甘えたような声で鳴く。

答えるべきか迷っていると、先にワガハイが口を開いた。

「それならば、自分がいかに心配されていたかわかったであろう」

「そうね。シチリはあたしが大好きだから」

クラベルは主人の顔に頭をこすりつけている。

「ならば、なぜ家出などした。シチリ嬢が『あなたを売らなきゃいけなくなる』と言ったのは、ただの言葉の弾みだぞ。自分の苦しみを理解してほしくて、愚痴を言ったにすぎない。お嬢さんも猫ならば、人間がそういう生き物と知っておるだろう」

以前のようにかっこうつけず、ワガハイは至極まじめに言った。

「おじいちゃんは黙ってて、と言いたいところだけど、なるほどね。そっちのおにいさんが猫としゃべれることは、シチリには秘密ってわけ。ふうん」

緑色の瞳が、見定めるように俺に向く。

「あたしはいますぐシチリの腕をすり抜けて、島中を逃げ回ることができるわ」

「お嬢さんは、そんな癇癪《かんしゃく》を起こすたまでもあるまい」

「わかってるわね、おじいちゃん。だから今日のところは戻ってあげるわ。でも明日になったら、また家を出ていくかもね」

ワガハイが、なんとも言えない困り顔を向けてきた。

しかたないなと、俺は目線でうなずく。

「クラベルのお嬢さん。あんたはコミチに頼みごとがあるようだな」

「あら。話が早くて助かるわ。もしもおにいさんがこの条件を呑んでくれたら、あたしは家でおとなしくしてあげる」

「聞こう。お嬢さんの望みはなんだ」

ワガハイの質問に、クラベルは髭ひとつ動かさず答えた。

「いくらでもいいわ。あたしの売却を成立させてきて」

3

昨日釣り上げた二匹のイワシは、揚げ焼きでフライにしてみた。

少しでもかさ増ししようと大根おろしを盛りに盛ったが、やはり一瞬で食べ終わってしまい、ワガハイとしょんぼり肩を落とす。

なので今日こそ大漁祈願だと、俺は再び西浦漁港で釣り糸を垂らした。

が、やはり当たりの気配はない。

「俺には釣りの才能がないのかもな」

ひまにかまけて、頭上のつむじにちょっかいを出す。

にーにーと指にじゃれつく子猫にとって、俺はどういう存在なのだろうか。種が違っても、家族のように感じてくれているのだろうか。

「なあ、ワガハイ。なんでクラベルは、あんなことを頼んできたんだろうな」

岩屋の奥で、クラベルは自分を売却しろと要求してきた。

「うむ。素直に考えるなら、『いままで通りの贅沢な暮らしをしたい』というところではないか。新しい飼い主のもとで」

ワガハイは堤防の上で四肢を広げ、干物のようにぺったりしている。

飼い主のシチリさんは社長ではなくなったが、それでクラベルの価値がなくなるわけではない。悲しいことだがペットは売れるし、ネットで調べた限りロシアンブルー種はかなり高額で取引されている。

「たしかにロシアンブルーを買おうという人間は、それなりの財力があるだろう。クラベルは引き続き、最高級のペットフードを食えるわけだ」

「だがシチリ嬢は、クラベルのお嬢さんを家族と言っている。売りはしまい」

しかしクラベルのほうは、どう思っているのかわからない。猫は薄情なイメージがあるが、人間だって愛情よりも金を選ぶことはある。

「俺が気になるのは、クラベルの取り引き材料だ。あいつは自分の売却を成立させないと、再び家出をすると言った。するとどうなる」

「クラベルのお嬢さんは、地域猫と同様の暮らしを強いられるな。贅沢を望んでいる猫の行動としては、大いに矛盾しておる」

ワガハイは推理中の探偵のように、尻尾の先端で地面をたたいている。

「俺も同意見だ。ついでにクラベルは、売却金額は『いくらでも』と言っている。二束三文で引き取るような飼い主だと、贅沢できる可能性は低い」

本当に贅沢を望むなら、「なるべく高く」と指定するべきだ。

「つまり、コミチはこう言いたいのか。クラベルのお嬢さんが売却を望むのは自分のためではなく、シチリ嬢のためだと」

「あくまで推測だがな」

猫は人の言葉がわからない。そう思ってシチリさんは、俺に話したような苦境をクラベルに聞かせてしまった。

しかしクラベルはそれを理解し、自らを借金返済の足しにさせたいのだろう。犬のように忠誠心が高いのも、ロシアンブルー種の特徴らしい。

「普段はつんけんしているくせに、見上げた義理堅さよの。複雑の極みたる女心を解きほぐしてみれば、なんともよい話ではないか……」

ワガハイが顔を洗う素振りで、目元をぱしぱしこすっている。

「いい話なんかじゃない。俺にはクラベルのわがままにしか聞こえない」

「なぜそうなる。主人を思っての行動ではないか」

「じゃあ俺たちがクラベルの買い手を見つければ、それで話は終わりか。シチリさんはそんなこと望んだか。そもそも手放すわけないだろ」

どう考えたって、誰も幸せにならない選択だ。

「どうしたのだコミチ。珍しく感情的ではないか」

「珍しくない。俺はもともと感情的だ。クラベルと話すぞ」

辺りにいた猫に竿の番を頼み、シチリさんの家へ向かおうとした。

すると道の向こうから、当のクラベルが歩いてくる。

「あら、ごきげんよう」

クラベルは涼しげな目で、こともなげに言った。

「なにが『ごきげんよう』だ！　約束が違うではないか！」

ワガハイの尻尾が、びたんびたんと落ち着きなく地面をたたく。

「違わないわ。あたしは別に、二度と家出をしないとは言ってないもの。売却を成立させてくれたら、その後はおとなしくすると言っただけ」

「なるほど。この家出すらも、シチリさんのためってわけか」

俺の言葉を聞くと、クラベルが先をうながすように緑の瞳を細めた。

「安い猫缶だって、食い続ければ金はかかる。クラベルは口にあわないふりをして、外で腹を満たそうって魂胆じゃないか」

主人のために自分を売れという猫だ。そのくらいのことは考えるだろう。

「なんと……！　お嬢さん、あんたどこまで主人想いなんだ」

ワガハイがまた、猫手で目頭を押さえる。

「残念だけど、不正解ね。あたしが家を出たのは、自由が気に入っただけ。あたしは窓から島の猫たちを眺めて、その気ままさにずっと憧れていたの。実際に自分でやってみると、自由って素敵ね。知らないことを知るのって楽しいわ」

「詭弁《きべん》だな。だったら自分を売却しろとは言わないはずだ」

「贅沢は贅沢で楽しいもの。おにいさん、ちっとも猫をわかってないのね」

矛盾した答えであることを、クラベルは気にしてもいない。

それが猫の気性だと言われればそれまで──ではない。

「俺は人間だ。だから知っている。誰かのために自分を犠牲にした人間の末路を。それを相談さえしてもらえなかった、人間の痛みを」

「コミチ、落ち着け。怖い目になっておる」

足下のワガハイが、おろおろと手を掲げる。

「おにいさん。体は大きいくせに、中身は子どもね」

クラベルは冷たく目を細めた。

「子どもにはわからないと言いたいのか。だったらこう言おう」

俺は大きく息を吸い、クラベルに飛びかかった。

「わかってたまるか！」

吸いつくような手触りの猫を抱き上げ、シチリさんの家に向かって走る。

「実力行使ってわけ。いいわよ。売却を成立させる気がないなら、あたしはなんどだって家出するわ」

クラベルが、俺の腕に強く爪を立てた。

その後は宣言通り、クラベルは毎日家出をした。

そのたびに、俺は島中を探し回った。

最初は数時間で見つけていたが、クラベルは次第に地理を覚えた。やがては地域猫のネットワークでも見つからないほど、上手に逃げ隠れるようになった。

射的の景品棚。

カフェの黒板メニューの前。

江島神社の賽銭箱の裏。

置物になりすましたり、毛色の保護色を利用したり、こちらの裏をかいて自宅の庭に潜んだりで、探しだすのに骨が折れる。

「不思議だな。クラベルのお嬢さん、前のように瞳のさびしさがない」

ワガハイが言うように、クラベルは脱走劇を楽しんでいるように思えた。

しかし飼い主としては、たまったものではない。

俺がクラベルを連れ帰るたび、シチリさんは申し訳なさそうに頭を下げた。

「いつもすみません。なにかお礼をしたいのですが……」

「いえ、おかまいなく。俺も楽しんでますから」

言って、シチリさんの腕の中のクラベルをにらむ。

宝石のように美しい瞳の猫は、余裕たっぷりに目を細める。

そんな追いかけっこの日々も、終わりが近づいていた。


頭上につむじ、胸にクラベル、足下にワガハイ。

家出猫を捕まえて帰る際の俺は、いつも自分がこたつになったような気分だ。

「ねえ、おにいさん。明日がシチリの引っ越しよ」

最近は爪も立てなくなったので、腕の中のクラベルとも普通に会話する。

「だったら脱走させないよう、家の前で俺が見張ろう」

「そうじゃないわ。最後くらい、シチリを食事に誘えばって言ってるの」

またその手の話かと、げんなりする。

「ワガハイといい、クラベルといい、猫は意外とお節介な生き物だな」

「だってシチリが、おにいさんの話ばかりするから」

「それはクラベルが脱走するからだろ」

「『キューピッドは家出猫』なんて素敵じゃない。披露宴で話せるわ」

あきれて物も言えないとはこのことだ。

「いや、コミチ。こればかりはクラベルのお嬢さんが正しいぞ」

「なんだよ、ワガハイまで」

「シチリ嬢は、明日で江の島を離れるのだろう。だったら島民として、送別会くらいはしてやるべきではないか。知りあいはコミチくらいしかおらんはずだ」

正論とは言えないかもしれないが、反論しにくい話題だ。

「いいこと言うわね、おじいちゃん」

「だから！　吾輩は！　おじいちゃんではない！」

ワガハイが地面から威嚇するも、クラベルは髭ひとつ動かさない。

「おにいさん、約束するわ。おにいさんがシチリを食事に誘ってくれたら、あたしはもう逃げない。おとなしく一緒に引っ越すわ」

クラベルが甘えた声をだし、頭をすりつけてくる。

「女心と秋の空か。猫の気まぐれに振り回されるのはごめんだ」

「言うに事欠いちゃって。今年の秋は雨が降ってないわ」

どうしたものかと足下を見ると、ワガハイがふよふよと尻尾を振った。

「コミチ。前に先生の息子にもらった『なんとか券』、まだ余っておるだろう」

「余っているが、あれはなにか問題を解決した際のお楽しみ用だ」

「ではこう考えてはどうだ。今回は逆に食事をすることで、円満な結果を導くと。晩飯には少し早いが、沈む夕陽を眺めながら食う飯のうまさは知っておろう」

ワガハイの意見を、クラベルが「素敵ね」と肯定する。

たしかに理屈は通っているが、俺としては気乗りしない。

「『人と話すのが嫌いなわけではないが、いまは誰とも関わりたくない』。おおかたコミチは、そんなことを考えておるのだろう」

「さすがワガハイは、よくわかってるな」

「その考えが悪いとは言わんが、『後悔先に立たず』だぞ」

シチリさんは明日でこの島を発ってしまう。ろくに話さず別れたら、後々に薄情だったかと自分を責める可能性は、なくもないかもしれない。

「大丈夫よ。会話はあたしたちがサポートするから。ね、おじいちゃん」

「うむ。任せておけ。吾輩が小粋な冗句《じょうく》を伝授しよう」

利害が一致したからか、ワガハイはおじいちゃん呼びを受け入れたようだ。

「――って、誰がおじいちゃんだ！」

受け入れてなかった。

「わかったよ。一応誘ってはみる」

いまの一幕で肩の力が抜け、俺は提案を受け入れる。

シチリさんの家に着くと、少し緊張しながらインターホンを押した。

最後だからと早めの夕食に誘うと、間髪《かんはつ》を容れずに快諾される。

ただ、シチリさんは少し暗い表情で言葉をつけ足した。

「実はあたしも、綾野さんに話したいことがあったんです」

4

「これは……すごいな」

島に詳しいワガハイが勧めてくれたのは、山頂のカフェレストランだった。

到着するまでにエスカー運賃、サムエル・コッキング苑の入場料と想定外の経費が痛かったが、このオレンジ色の絶景を見れば文句は言えない。

「日本じゃないみたい。ヨーロッパにいるみたいですね」

高台のテラス席から見下ろす海は、店の造りもあって異国の輝きを放っている。

夕陽がこんなにまぶしく感じられる場所は、日本にもそうないだろう。

「こんなにロマンチックなお店が家のそばにあるのに、知らないまま引っ越すところでした。綾野さん、今日は誘っていただいてありがとうございます」

シチリさんの表情は、さっきよりも少しだけ明るい。

視線を床に下ろすと、ワガハイが髭を自慢するように勝ち誇った顔をした。

「いやまあ、俺も初めてきた店ですけどね」

「だったらちょっと、うれしいですね」

なぜと聞きかけたところで、ワガハイが「野暮はやめろ」とにらんでくる。

おかげでうっかり、「わかったよ」と返してしまった。

「綾野さんは、本当に猫がお好きなんですね。いつも猫たちとおしゃべりしているみたいに見えますよ。実は猫の言葉がわかるんじゃないですか」

「ははは。そんなまさか」

「なんたる棒読み。これがほんとの大根役者であるな」

足下で、小粋なジョークを言われてしまった。

「でもクラベルもあたしより、綾野さんになついているみたいですし。まあ……あたしは嫌われて当然ですけど」

シチリさんの表情が再び翳《かげ》った。やはり新たな悩みを抱えているようだ。

「とりあえず、注文しましょうか」

助言をしてくれと、猫たちに視線を送る。

「ここのおすすめは、『しらすピッツァ』だな。魚介をふんだんに使った、『江の島スパゲティ』も先生の好物だったぞ」

「一応サラダも頼んであげて。シチリは少食だけど、お酒はいけるくちよ」

なるほどと、二匹の提案を頭に入れた。

「ワインのメニューが豊富にありますね。シチリさんは飲まれるんですか」

「大好きです。綾野さんがよければ、ボトルを頼みませんか」

強いほうではないが、一杯、二杯ならつきあえる。

ではと猫たちのおすすめを注文し、すぐに運ばれてきたワインを開けた。

「とりあえず、乾杯しましょうか。シチリさんの新天地での活躍に」

「江の島でできた、最高の思い出に」

グラスをあわせると、シチリさんは一度にかなりの量を飲んだ。

「大丈夫ですか、そんなペースで」

「ええ。今日は飲みたい気分なんです。さあ、食べましょう」

なにか不穏な空気を感じつつ、ひとまずピザに手を伸ばす。

「ん、これおいしい！」

シチリさんが口元を押さえ、大きく目を見開いた。

作った感じのない反応にほっとして、俺もピザを手に取り頬張る。

「これは……めちゃめちゃうまいな。見た目以上に贅沢な味だ」

たっぷりトッピングされたしらすが、薄焼きの生地とトマトソースによくあう。

「美味であろう。窯で焼いたピザは香りが立つ。海産物と相性がよいのだ」

「ああ、すまんワガハイ。忘れていた」

懐から小皿を取りだし、しらすをいくらか載せて床に置いた。

「うむ。では相伴《しょうばん》にあずかろう……ああ、この味よ」

ワガハイがなつかしそうに目を細める。

「おいしそうね。あたしもいただくわ」

クラベルがワガハイの隣に並び、ぺろりとしらすを食べた。

「どうしたの、クラベル。いままで高いフードしか食べなかったのに」

シチリさんが唖然としている。

「おにいさん、シチリにうまく説明して。あたしの最近の好物は魚だって」

「家出中にいろいろ食べて好みが変わった、って顔をしていますね」

そんな通訳を試みると、シチリさんはまた表情を曇らせた。

「クラベル……」

「すみません。冗談を言い慣れていなくて。気を悪くされましたか」

「いえ、そんなことありません」

首を横に振るシチリさんの表情は、やはり明るくない。

「綾野さん、今日はどうしてあたしを誘ってくれたんですか」

「使用期限が近い食事券を、使い切りたかったからです」

答えると、「バカもん！」、「無神経！」と猫たちにどやされた。

「すみません。俺は大根役者な上に、小粋なジョークも言えなくて。本当は島を去るシチリさんに、少しでも思い出を作ってほしかったんです」

今度は「まあよかろう」、「五十点」と二匹が鳴く。

「綾野さんは本当に……本当に、優しい人ですね」

優しいのはクラベルですと返したら、またどやされるだろうか。

そんなことを思っていると、続くシチリさんの言葉に不意を突かれた。

「だから、甘えてもいいですか」

狼狽する俺を尻目に、猫たちがざわめく。

「これはもしや、もしやなのか……！」

「ふふ。今夜こそ、本当に家出しなくちゃいけないわね」

なんの話かわからない、という歳でもないが、そういうことではないだろう。

おそらくは、ここからが今日の本題だ。

「シチリさん、酔われましたか」

「残念ながら、シラフです。その上で、あたしのわがままを聞いてください」

グラスを置いたシチリさんの表情に、決意がみなぎっていた。

かたやの俺と猫たちは、顔に緊張を走らせる。

「彼氏が、猫アレルギーなんです」

「……は？」

あまりに予想外の言葉に、俺も猫たちも同じ反応だった。

「明日あたしが引っ越すのは、一緒に辞めた社員の子の家なんですけど。昨日、彼と正式につきあうことになったんです」

「そんな話、あたしは聞いてない」

クラベルが動揺している。「子」という言いかたのせいで、同居相手を女性と思いこんでいたのだろう。俺も同じだ。

「向こうは年下だし、あたしはそんなつもりなかったんですけど……」

シチリさんが頬を赤くしながら続ける。

「彼はふたりで一からやり直そうって、言ってくれたんです。それでたくさんたくさん話をしたら、彼が猫アレルギーなことが発覚して……」

「はあ」

「彼、あたしが猫大好きなことを知ってるから、ずっと隠してたって。でも彼、優しいんです。努力してクラベルのことも好きになるって、言ってくれたんです」

「はあ」

「でもあたしは居候の身だし、アレルギーってほんとにつらいし……」

「なるほど。事情は把握しました」

俺は急にばかばかしくなって、残りのピザを食べ始めた。

「できたら綾野さんに、一時的にクラベルを預かってもらえないかと……」

「いいれふよ。どのふらいですか」

咀嚼するのももどかしく、口の中にどんどんピザを詰めこむ。

「三ヶ月……三ヶ月あれば自分の生活を立て直して、ペットが飼える家に引っ越してから迎えにきます」

それはさすがに長いというか、クラベルの意思を聞くべきだろう。

「ちょっと、考えさせてください」

口元を拭い、さてどうすると猫たちに視線を送る。

「おにいさんは、それでいいの」

クラベルは自身の望みに近い結果だからか、すでに覚悟ができたようだ。尻尾もまっすぐに落ち着いている。

「お嬢さん、コミチのことなら気にしなくていいぞ。こいつは無職で、人間嫌いで、猫以外に交流がないからな」

ワガハイの代弁はひとこと多かったが、問題ないとクラベルを見てうなずいた。

「そう。わかったわ。ただし、シチリにひとつ条件を出して」

クラベルから内容を聞き、損な役回りを押しつけられたと嘆息する。

「考えがまとまりました。まず言わせてください。無職の俺に猫を三ヶ月も預けるなんて、シチリさんは無責任な飼い主ですね」

「ごめんなさい……でも、あたしもいまは無職で……」

「だったら俺に高価な猫を預けたら、どうなるかわかりませんか」

シチリさんが、はっと顔を上げる。

「三ヶ月を一日でもすぎたら、俺はクラベルを金に換えます。あなたは甘えたかったんじゃなくて、俺を甘く見たんです。残念でしたね。優しい人間じゃなくて」

口の端を上げて、にいと笑ってみせた。

するとシチリさんは、あははと声をあげて笑いだす。

「もう！　綾野さん、ぜんぜん冗談下手じゃないですよ」

「いや、これは冗談じゃないです。俺は本気でクラベルを売りますよ」

「でもそれ、綾野さんの思いつきじゃないでしょう」

今度はこっちが、はっとさせられた。

「綾野さんが、本当に猫としゃべれるとは思いません。でもクラベルの仕草や表情からなにかを読み取って、そう言ってくれてるんじゃないですか」

「そんなわけ、ないじゃない、ですか」

そんなわけありそうに、声がうわずってしまった。

「あたしだって飼い主だから、少しはわかるんです。クラベルは綾野さんに自分を売らせて、そのお金をあたしに渡せって顔をしてたんじゃないですか。この子はプライドが高くて、優しくて、あたしのことを大好きな猫ですから」

こう言ってますがと床を見ると、クラベルは置物のように固まっていた。

尻尾を足の間にはさんでいるので、人間ならば顔を真っ赤にしているというような反応かもしれない。

「綾野さんも、やっぱり優しい人ですよ。そんな悪ぶったりしないで、今夜は一緒に食事を楽しんでください。三ヶ月後に会うのが、また楽しみになるように」

シチリさんの表情は、はっきり明るくなっていた。

「けっこうなわがままを、すんなり通された気がするな。それでもシチリ嬢はどうにも憎めないというか、さすがは元社長といったところか」

ワガハイの言う通り、絶景と料理を前に話を蒸し返すのも野暮だろう。

その後は残された時間で、俺たちは食事と会話を楽しんだ。

「コミチくんは、彼女いるの？」

いつの間にか、俺の呼びかたが変わっている。

「数ヶ月前に、プロポーズを断られました」

俺も酔ったのか、うっかり口を滑らせた。

「なにそれ。詳しく聞いていい？」

シチリさんとクラベルが声をそろえる。

「よくないです。乾杯しましょう」

俺は無理やりグラスをあわせ、その後なにを聞かれても乾杯で乗り切った。


翌日、俺たちは駅へシチリさんを見送りにいった。

「ともすると逃げるかと思っていたが、お嬢さんはちゃんときたな」

ホームでシチリさんに抱かれたクラベルを見て、ワガハイがうむうむとうなずく。

「おじいちゃんみたいで嫌だけど、コミチくんには義理があるからね」

べーと舌をだすクラベルは、邪気のない顔をしていた。

一方の俺は、猫に「くん」呼びをされて顔をしかめずにいられない。

「クラベル、ごめんなさい……必ず、必ず三ヶ月後に迎えにくるから……」

シチリさんが泣きながら、クラベルを抱きしめる。

「いまのシチリはね、自分だけが幸せになるような気がして泣いているの。おかしいでしょう。あたしは別に、不幸になんてなっていないのに」

主人に顔を寄せられながら、クラベルは遠くを見ていた。

犬は飼い主に似るというが、猫もある程度はそうだろう。

クラベルは主人のために自身を売れと言い、シチリさんはクラベルを俺に預けることで自分を責めている。

そんな人間と猫が一応は離ればなれにならずにすんだので、俺たちはそれなりに問題解決の手助けができたようだ。

「コミチくん。どうか、クラベルをよろしくお願いします」

「家にはあまり居着かないでしょうが、安全には配慮するつもりです」

「それで構いません。三ヶ月後には、きちんと謝礼を持っておうかがいします」

「断っても無駄な気がするので、期待しておきます」

はっぱをかけるつもりで言うと、シチリさんはきちんと笑ってくれた。

実際この人なら、本当に三ヶ月で持ち直せそうだ。

「それじゃ、いってきます」

さようならとは言わず、シチリさんが電車に乗りこんだ。

「がんばってね、シチリ」

クラベルはひと声だけ鳴くと、ぷいとそっぽを向いた。

短い編成の電車が、ゆっくりホームを離れていく。

「いいのか、クラベル。走って見送らなくて」

「コミチくんは、あたしがそんなことする猫に見えるの」

「いいや。だからそうしたら、シチリさんはきっと泣いて喜ぶぞ」

「コミチくんは、やっぱり子どもね」

クラベルはふふっと、目を細めて笑った。

そうして軽やかに、電車を追ってホームを駆けだした。

🐾🐾

「なあ、クラベル。猫ってなんで、なにもない空中を見つめたりするんだ」

コミチくんに聞かれるまで、あたしは自分がそうしていることに気づかなかった。

綾野家の居間は、広くもないのにみんなが集まる。

あたしもだいたい、窓越しに庭を見ていることが多いわ。

「コミチくんは猫の言葉がわかっても、猫の見えているものは見えないのね」

それらしく答えたけれど、実はたいした理由じゃない。人が記憶を探るのに斜め上を見るのと同じで、猫は首を持ち上げるというだけ。

あたしが思い返していたのは、もちろんシチリと暮らした日々のこと。

それから、いまのシチリがどうしているか、とかね。

あのキャットタワー、一度くらいは使ってあげればよかったわ。

愚痴を言う猫がいなくなったら、彼氏とケンカになるかしら。

そんなことを、ぼんやりと考えていただけ。

「それって、ワガハイやつむじにも見えているのか」

コミチくんは思慮深いようで単純だから、猫の言うことをすぐに信じる。

まつげが少し震えているから、怖がっているみたいね。

「さあ、どうかしら」

思わせぶりに言ってみると、コミチくんは明らかにそわそわしていた。

あいにく今日は、ワガハイのおじいちゃんは外出中。

居間にいるのは、あたしと、コミチくんと、その頭の上の子猫だけ。

コミチくんは「ワガハイ早く帰ってこい」とでも言いたげに、庭をなんども振り返っている。

体は鍛えているくせに、かわいらしいこと。

なんてほくそ笑んでいると、コミチくんのほうから敵意を感じた。

正確に言えば、コミチくんの頭上の子猫があたしを見ていた。

あたしがコミチくんをからかったりすると、つむじはいつも咎めるように、じいっとこちらを見つめてくる。

かわいい子だとは思うけれど、つむじはどこか普通の猫とは違う。

具体的にはわからないけれど、少なくともあたしは好かれてないみたい。

「ふー、いま戻ったぞ。みなの話題は、お嬢さんのことで持ちきりだった」

猫集会に出ていたおじいちゃんが、庭からよっこいしょと戻ってきた。

この島で暮らすなら、ある程度は地域猫たちとの情報交換が必要らしいわね。

「それなら、次はあたしも顔を出そうかしら」

「うむ。みな喜ぶであろう」

これから少なくとも三ヶ月、あたしは地域猫として暮らすことになる。

もちろん寝床も食事も、コミチくんが提供してくれるわ。

でもあたしは、コミチくんに飼われているわけじゃない。

せっかく半野良の身分になったんだから、新しい生活を楽しまないとね。

「そんなことより、コミチ！」

おじいちゃんの剣幕に、あたしはまた始まったとため息を吐く。

「なんだ、ワガハイ」

「『なんだ』ではない！　吾輩があれほど言ったのに、酒宴に参加しなかったな！」

おじいちゃんは尻尾で畳をびしびしたたいて、ずいぶん怒っている。

「飲み会のことか。ああ、そうだな。うっかりしていた」

コミチくんはそしらぬ顔で、縁側でお茶を飲み始めた。

「嘘をつけ！　最初から行く気がなかったのであろう！」

この家は、毎日こんな具合にうるさいのよね。

あたしは畳でうんざりと丸くなり、聞くともなしに会話を聞いていた。

「なんで！　コミチは！　じじいみたいな生活をするのだ！」

おじいちゃんは、コミチくんが孤独なことが気がかりみたい。

猫にとっては、物静かな主人の方がありがたいのにね。

でもコミチくんと同じくらい、あたしはおじいちゃんにも恩がある。

だからたまには、協力してあげるわ。

「女ね。その飲み会に、昔の彼女が参加予定だったんでしょう」

あたしが鳴くと、コミチくんの眉がひくりと動いた。

「わかるわ。心の底から愛した人と別れると、優しい人ほど引きずるのよね。新しい恋を見つけるどころか、生きていくのすら面倒になって」

「見当違いだな。クラベル、あまり思い上がらないほうがいい」

珍しく、コミチくんの言葉に刺がある。

それって逆に言えば、触れられたくないってことよね。

「人間は弱っている他人を見ると、『病院に行け』って勧めるでしょう。そのくせ自分が弱っているときは、病院に行くのを億劫がるのよ」

「聞こえないな。シチリさんから聞いた通り、ロシアンブルーは声が小さい」

「コミチくんは、わかってるでしょう。筋トレだけじゃだめだって。力だけ解き放っても、問題は解決しないのよ」

どんなにつらい出来事だって、話してしまえば楽になる。

それはもう驚くくらい、口にしただけで負担が軽くなる。

あたしはそれを知っているから、シチリの話を聞いてあげた。

おじいちゃんがここに居着いたのも、たぶん話を聞いてあげるため。

だからあたしにできるのは、まだ傷は治ってないって教えてあげること。

「にー！」

コミチくんの代わりに、つむじが逆毛で威嚇してくる。

「お嬢さん。その辺にしておけ」

一番話を聞きたいはずのおじいちゃんまで、あたしの言葉を遮った。

どうもあたしは、この居間のルールを破ったみたいね。

おじいちゃんだってコミチくんにお説教をするけど、踏み越えてはいけないラインは見極めているってことかしら。

「秋めいてきたのに、雨が降らないな。釣りに行こうか」

コミチくんが窓の外を見て、部屋の隅から買ったばかりの竿を持ってくる。

「うむ、行こう。お嬢さんもつきあえ」

あたしは肩をすくめつつ、予定もないのでついていくことにした。

その道中で、おじいちゃんが小声で話しかけてくる。

「猫の言葉がわかるとはいえ、コミチだって人間だ。いずれおのずから、心の内を吐きだしたくなる。それまで待ったほうがよい」

まだ傷がかさぶたにもなっていないのだと、おじいちゃんは雲を見上げた。

「おじいちゃんが言うなら、そうなんでしょうね。あたしはコミチくんに、謝ったほうがいいかしら」

「別に構わん。本来ならコミチの周りには、お嬢さんみたいな人間もいたはずだ。あいつはそれを自ら断ち切った。人は人と関わらなければ生きていけん」

それはどうかしらと、コミチくんを盗み見る。

ひとりでも、問題なく生きていけそうな人。

最初もいまも、そういう印象ね。

でもおじいちゃんに言わせれば、そう振る舞うのが上手なだけらしいけど。

ただ、あたししか気づいていないこともあるわ。

『そうだな。俺は人間だ。だから知っている。誰かのために自分を犠牲にした人間の末路を。相談さえしてもらえなかった、人間の痛みを』

家出したあたしを見つけたとき、コミチくんはそう言ったわ。

失ってしまった関係に、大きな後悔があるってことよ。

おじいちゃんが言ったように、人が心を開くには時間がかかる。

でもその頃には、関係への想いも薄れてしまっているの。

場合によっては、時間の経過が悲しい結末を導くかもしれないの。

たしかにコミチくんが言ったみたいに、ロシアンブルーは声が小さいわ。

あたしは「ボイスレスキャット」と呼ばれるくらい、あまり鳴かない種。

でも主人のためなら、大きな声で歌だって歌うわ。

走ることしかできないのである
Enoshima is an island of cats

ずっと昔、ミャイチみたいな黒猫は嫌われてたってさ。
縁起が悪いとか魔女の使いとか言われて、石や硬いパンを投げられたって。
でもミャイチは、そんな風にいじめられたことなんてない。
島の人間はみんないい人だし、観光客も笑顔でスマホを向けてくる。
だから猫の敵になるのは、いつだって猫だ。
カリカリをたくさんくれる、ばあさんの家。
釣り人がいっぱいいる、磯。
静かで木漏れ日が気持ちいい、神社の階段。
そういう場所は縄張り争いが激しくて、しょっちゅうケンカが起きる。
最近はボスらしいボスがいなくなって、平和な日が多い。
でも数年前までは、この島もけっこう荒れてた。
その頃のミャイチは、生意気な若猫だった。
いまでも若いほうだけれど、その頃はうんと幼かった。

ミャイチはなめられるのが嫌だった。
だからあちこちの縄張りで、ケンカを売ったり買ったりしてた。
ミャイチは弱くないけど、すごく強くもない。
それに相手は、群れで襲ってくる。
だから昔のミャイチは、いつだって傷だらけだった。
まあ逃げ足は速かったから、いまもこうして生きてるけど。
ともかくミャイチとおっさんが会ったのは、その頃の話だ。

その日は嵐だった。
ミャイチは当時のボス猫だった、片目のジョバンニにこてんぱんにやられた。
いまは亡きジョバンニのために言っておくけど、悪いのはミャイチだ。
ミャイチはあちこちでケンカをふっかける、迷惑な猫だった。
だから島で一番大きいボスに、うんとお灸を据えられた。
ジョバンニにやられたミャイチは、嵐の中を一目散に逃げた。
夏ならまだよかったけど、二月の寒い時期だ。
はぐれ者のミャイチに、寝床なんてなかった。

いい場所を見つけても、そこにはジョバンニの手下がいた。
心安まる場所なんて、どこにもなかった。
雨が吹きつける夜を、ミャイチは寒さと痛さでふらつきながら歩いてた。
そんなとき、長谷《はせ》のおっさんに声をかけられた。
「おい、ひどい怪我をしてるじゃないか」
道を歩いていたミャイチの背後から、傘をさしたおっさんが駆けてきた。
「かわいそうに。うちはすぐそこなんだ。手当てをしよう」
伸びてきたおっさんの手を、ミャイチは思い切り引っ掻いた。
ミャイチが誰彼かまわず噛みついてたのは、みんな敵だと思ってたからだ。
親の顔も知らない。
気がついたときには、島に捨てられてた。
猫も人間も信じられないから、ミャイチはすべてに牙をむくしかなかった。
だからおっさんの皮膚に爪を立てた。
手が伸びてきたら、ミャイチは引っ掻く以外の方法を知らない。
「いたたた……」
おっさんの指の腹が、ぱっくり割れた。

あとで縫わなきゃいけないくらい、でっかい傷だ。

血も流れているし、じんじん痛いはずだ。

なのに性懲《しょうこ》りもなく、おっさんはまた手を伸ばしてきた。

「大丈夫だよ。怖がらなくていい。僕はきみを傷つけるつもりはない」

ミャイチが逃げなかったのは、背中を見せたくなかったからだ。

寒さで膝に力が入らないから、その場で応戦するしかなかった。

「いててて……」

おっさんの手の甲に、新しく赤い線が引かれた。

なのにおっさんは微笑みながら、けれど「また引っ掻かれたら嫌だ」って半分おびえつつ、逃げ腰でミャイチを抱こうとした。

「これで僕も怪我人だ。同じくらい弱ってるんだから、恐れる必要はないよ」

この勝負は、最終的におっさんが勝った。

別にミャイチは、手加減したつもりはない。

どんくさいおっさんに捕まるくらい、ミャイチが衰弱してた。

抱かれて腕をふさがれたミャイチは、爪のかわりに牙を使った。

でも今度は服の上からだから、おっさんは痛がらない。

だからミャイチは暴れまくった。

いまはもう、島の人間がいい人ばかりと知っている。

でもこのときのミャイチには、おっさんも敵だった。

やらなければ、やられる相手だった。

そんな闘争本能むき出しのミャイチを、おっさんは家に連れ帰った。

タオルでくるまれて、丁寧に体を拭かれた。

途中でおっさんの隙を見て、ミャイチは逃げた。

でもドアも窓も閉められた部屋に、逃げ場はなかった。

また戦いになると思って、ミャイチは低い姿勢で構えた。

ところがおっさんはおかゆとミルクを床に置いて、ミャイチと距離を取った。

「あと四、五時間で、動物病院が開く。それまでここにいてくれないか」

明けがたが近かった。

ミャイチは夜型だったけど、おっさんもそうみたいだった。

「こうやって電灯の下で見ると、きみは本当に小さいな。外だと真っ暗闇の中の黒猫だから、もっと大きいように見えたよ」

この頃になると、さすがにおっさんに敵意がないことはわかった。

だからって、急に甘えたりはしない。

ミャイチは警戒しながら、ミルクとおかゆを舐めた。

「きみもこの世界で戦っているんだな。僕もだよ。男は一歩家の外に出ると、七人の敵がいるっていうけどね。ひとりくらいは、味方もほしいよな」

まだ人間の言葉がよくわからなかったから、ミャイチは聞き流していた。

でもおっさんはこの後もずっと、似たようなことを言っていたと思う。

朝になった。

しゃこしゃこと自転車を漕ぐおっさんが、ミャイチを病院に連れていった。

たくさんの人間と知らない道を見たから、かなり遠かったと思う。

病院ではあちこちにガーゼを貼られ、首に花みたいな輪っかをはめられた。

それからしばらく、ミャイチはおっさんの家に保護された。

家というか、一階にあるおっさんの部屋だ。

おっさんは、ときどきミャイチに触れようとした。

だから二回に一回は噛んでやった。

そのたびにおっさんは悲しそうな顔をして、力なく笑った。

「怪我の心配をしているだけだよ。きみを手なずけようなんて思ってない」

なにを言われても、ミャイチは自分を曲げなかった。
おっさんが近づいてくると、狭い部屋を飛んで逃げ回った。
本やトロフィーや高そうな酒の瓶を、落として壊して割りまくった。
おっさんは苦笑いしながら、タオルを取りに部屋から出た。
ミャイチはおっさんの股をくぐって外へ出た。
そこで花みたいな輪っかも外れたから、二階建ての家を走り回った。
でもどこにも、開いている出口がない。
最終的にまたおっさんの部屋に戻ってきたら、窓がちょっとだけ開いてた。
いま思えば、おっさんが開けてくれたんだと思う。
おかげでミャイチは、脱出に成功した。
また日常が戻ってきた。
つまりはあちこちでケンカして、体中に怪我をする日々だ。
その日も顔や腕を引っ掻かれ、ミャイチはへろへろだった。
別に、おっさんを意識していたつもりはない。
でも逃げ疲れたミャイチは、いつの間にかおっさんの家へ向かっていた。
「また怪我してるのか」

夜道で出会ったのは、やっぱりおっさんだった。

ミャイチはまた、おっさんの手を引っ掻いた。

噛みついて、抱かれることを拒んだ。

それでもおっさんはあきらめず、傷だらけでミャイチに手を伸ばした。

ミャイチもあきらめず、おっさんを攻撃して部屋から逃げだした。

そんなことを、なんども、なんども、なんどもくり返した。

さすがにミャイチも抵抗をやめた。

もうおっさんを引っ掻かなくなった。

おっさんも部屋を閉め切らず、いつも窓を開けていた。

だからミャイチは、怪我をしてなくてもおっさんの家にいった。

「きみはもう、そんなに走れるのか。僕はサッカーを見るのが好きなんだけど、なんど怪我をしても、ちゃんと治してピッチを走り回る選手を知ってるよ」

おっさんはミャイチを見ながら、「そうだ」となにか思いついた。

「ずっときみの名前を考えてたんだけど、スピードスターの彼にあやかって、『ミャイチ』にしようか。どうだい。ちゃんと猫っぽい名前だろう」

その日から、おっさんはミャイチをミャイチと呼ぶようになった。

「おっさんは、ミャイチに初めてできた友だちだよ」

ときどきは、そんな風にこっちから鳴いたこともある。

でも人間は、猫の言葉がわからない。

だからいつも、ミャイチがおっさんの話を聞いてやった。

「子どもが来年、小学校に上がるんだ。そうなると彼も忙しくなる。僕は一番息子と遊べる時期を、仕事で棒に振ってしまったなあ」

おっさんの家は二階建てで、一階の隅っこに自分の部屋がある。

明けがたに帰宅するおっさんは、眠る前の数十分でミャイチに語りかける。

そうして数時間眠ると、妻や子どもが目を覚ます前に家を出る。

「なんで人間が、こんなに働くのか不思議かい。まあいろいろな理由があるね。たとえば僕が仕事を休むと、納期には絶対に間にあわない。そして妻に家事と育児を任せきりにしているんだから、僕はせめて仕事くらいがんばらないと。車の免許だって持ってないしね。それに子どもが成人するまで二千万かかるっていうし、貯金はたくさんしておかないと、いざというときに困るから――」

この手の話を、おっさんはよくしゃべった。

ミャイチの言葉は通じないけど、ときどきにゃあと鳴いてやる。

「ありがとう、ミャイチ。きみといると、疲れがやわらぐよ」

だったらまあ、顔を見せてやるくらいはしよう。

おっさんは、ミャイチに優しくしてくれた。

おっさんは、ミャイチに名前をつけてくれた。

だからおっさんは、ミャイチにとって大切な人間だ。

「でも、今夜はそろそろ寝ないと。明日は本当に、久しぶりの休みなんだ。朝から息子と釣りに出かける予定でね。居眠りするわけにはいかないんだ」

そう言って、おっさんは眠った。

でも、朝になっても釣りにはいかなかった。

電話がかかってきて、いつものようにスーツで出かけていった。

おっさんは家族のために働く。

ミャイチはおっさんの話を聞く。

そんな日々が、長く続いた頃だった。

島を仕切っていたボス猫、片目のジョバンニが死んだ。

最期まで、誰もジョバンニが病気とは気づかなかった。

島は荒れるかと思ったけど、そんな風にはならなかった。

たまに話すワガハイが言っていた。

「ジョバンニがいたから、島に対立があったわけではない。ジョバンニが死んで、ひとつの時代が終わったのだ。ドン・ジョバンニは、優しいオスであった」

よくわからないけれど、江の島は前よりも平和になった。

当時は荒くれだった猫たちも、ずいぶん丸くなった。

だからミャイチも、ケンカをしなくなった。

おっさんと、のんびりすごす日々だった。

でもしばらくすると、おっさんが動かなくなった。

死んではいない。

休みの日になると、おっさんは部屋でぼんやりしていた。

ミャイチが顔を出しても、心ここにあらずで背中を撫でるだけ。

単に元気がないだけなら、寝ていれば治る。

でも、おっさんはもうずっと動かない。

飯も食ってないのか、どんどん痩せている。

さすがにミャイチが、おっさんを病院に連れていくわけにはいかない。

家族は看病しないのか。

そう思ってほかの部屋を見てみたら、妻も子もいなかった。

「いってきます」

朝になると、おっさんは誰もいない家に向かって言う。

家族のために働いていると言っていたのに、家族がいなくなっても働く。

昔のミャイチみたいに、雨の中をよろよろ歩いて会社に行く。

1

長雨の九月に快晴が続いたせいか、十一月の空模様はひどかった。

障子の向こう側は、終始どんよりと曇っている。

しとしとと降る雨の音は、居間の中にも静かに響いていた。

「もう三日も雨だな」

おかげで釣りにもいけないし、厚着をしても肌寒い。

こんな日は猫でも抱いて昼寝を決めこむのがよさそうだが、つむじは頭の上から降りてきてくれない。

では居候のクラベルはと近づけば、「気安く触らないで」と俺に冷たい。

頼みの綱のワガハイは、座布団の上で神妙な顔をしている。

「これどうだ。ほら、見てみろコミチ。こんなにたくさん、黒が白になったぞ」

座布団の上のワガハイが、にんまりと目を細めた。

「途中経過は関係ない。それがこのゲームの面白いところだ」

俺が畳の上のタブレットに指を伸ばすと、画面の中で駒がぱたぱたひっくり返る。それまで白の圧勝に見えた盤面が、一瞬で黒に染まった。

「なんとつまらん遊戯だ！　吾輩はもう、『白黒ひっくり返す』なぞやらん！」

ワガハイが不機嫌そうに、座布団の上で丸くなる。

「やりたがったのは、ワガハイのほうだろ」

ワガハイの知己だった草見先生は、俺のじいちゃんと将棋を指していたという。そんな話をしているうちに、我らもひとつやってみるかと相成った。

しかし将棋はルールを覚えるのが難しい。

ついでにワガハイは、駒を手で持って動かすこともできない。

それならリバーシかと、タブレットにダウンロードして早三戦。

毎回負けて「もうやらん！」と言うが、ワガハイは三分もすると「もう一戦」とすり寄ってくる。どうやらはまったらしい。

「コミチはもう少し、手加減というものを覚えたらどうだ」

すっかり操作も覚えたようで、ワガハイの猫手が「再戦」のアイコンに触れた。俺は知らなかったが、タッチディスプレイは猫の肉球に反応するようだ。

「逆だろ。ワガハイが学習して強くなれ」

リバーシは単純なゲームだが、勝率を上げる方法はある。

四隅を取るのは定石だが、序盤はなるべく自分の色を増やさないほうがいい。相手の色が多いほど、こちらの選択肢が増える。

「なるほど。駒ではなく、自分が有利な『場』を取る遊びなのだな」

「ああ。それを覚えているだけで勝率は上がる」

俺が最後の一手をタップすると、画面の白がぱたぱた黒になった。

「一度くらい勝たせてくれても、ばちは当たらんだろうに……」

いよいよワガハイがいじけ始める。

「俺は接待が下手なんだ。クラベル、代わってくれないか」

こちらに背を向け、障子の隙間から窓を見ている居候に尋ねる。

「遠慮するわ。おじいちゃんの世話なんて退屈なだけだもの」

「ははーん。さてはお嬢さん、ワガハイに負けるのが怖いのだな」

最近ではめったに聞けない煽り文句で、ワガハイが尻尾を振る。

「食べてる猫缶と同じくらい、挑発もお安いのね」

クラベルは微動だにせず、ワガハイをばっさり切った。

一緒に暮らして日もたつが、クラベルはコミュニケーションに積極的ではない。それは馴染んでいないというより、性格によるものだろう。

うるさいのもいれば、おとなしいのもいる。

まるで家族と住んでいるみたいだと、俺はひとり暮らしなのに妙な気分だ。

「それならつむじ、吾輩とやってみるか」

うるさいのは、とうとう子猫にまで頼み始めた。

「にー」

つむじは俺の頭の上で、たぶん首を振っている。

「おじいちゃん。遊び相手が欲しいなら、あの子に頼んでみたら」

クラベルがあごを持ち上げ、雨の降る外を示した。

立ち上がって障子を開けると、ブロック塀の上を歩く黒猫が見える。

「ミャイチではないか。なんであんな雨の中を……」

ワガハイが心配そうに耳と尻尾を下げた。

猫が水を嫌う理由は諸説あるが、まず毛が乾きにくいというのが挙げられる。水をかぶると体温が上がらず、下手をすると死んでしまうこともあるらしい。

だから普通の猫は雨を避けるし、本能的に風呂を嫌がる。

それがあんなにずぶ濡れでいるなんて、ちょっと異常事態だ。

「見すごせないな。ワガハイ、声をかけてくれ」

面識はあるが、ミャイチは俺を「猫人間」と呼んで気味悪がっている。ここは島の顔役に任せるべきだと、縁側の掃きだし窓を開けるだけにした。

「おい、ミャイチ！　それ以上、濡れると危険だ。こっちへこい」

ソガハイの言葉に、黒い三角の耳は反応しない。考え事でもしているのか、ミャイチはうつむいたまま歩いている。

「コミチくん。魚を捕る用の網があったでしょう。あれを使うといいわ。素手で無理に捕まえようとしたら、どっちも怪我するわよ」

クラベルに言われ、俺は急いでタモ網を持ってきた。いつか大物が釣れるかもと期待して買ったもので、猫くらいなら十分入る。

「猫ってやつは、どいつもこいつも世話が焼ける」

俺はサンダルをつっかけ、雨打つ庭へ降り立った。

濡れながらそっと忍びより、ブロック塀の上に網を振り下ろす。

「ぎゃあ！」

予測以上にミャイチは暴れたが、網の中では手も足も出せない。

急いで家に戻り、網を持ったまま風呂へ向かう。

クラベルのような猫は、生まれた頃から入浴の習慣がある。だからシャワーを怖がらないし、自分から「シャンプーして」とせがんでもくる。

しかしミャイチはワガハイと同じく、毛繕いで体を清める猫だ。

シャワーの湯をかけるだけでミャイチは暴れ回り、シャンプーすると手の甲を引っ掻かれた。せっかく乾かしてやっているのにドライヤーも嫌がり、すべて終わった頃の俺は傷だらけだった。

「ミャイチの匂いがしない……気持ち悪い……」

居間の隅で、ミャイチは洗ったばかりの体を毛繕いしている。

「失礼な子ね。あたしのシャンプーよ」

クラベルが不愉快そうに鼻を鳴らした。

シチリさんから預かったシャンプーだが、俺が使っているものよりも数倍は値が張るだろう。なにしろ洗った俺の手まで、つやつや輝いて見える。

「して、ミャイチ。なぜ雨の中を歩いておったのだ」

ワガハイが尋ねると、ミャイチは舐めていた股ぐらから顔を上げた。

「理由なんてない。考えごとをしてただけだ」

「それを理由と言うのだ。なにか悩みがあるのか」

「悩みじゃない。長谷のおっさんが、動かなくなった理由を考えてた」

「長谷というと、神社の下道にある家だな。そこの主人が動かなくなったとは……まさか、死んでおるのか……？」

不穏な展開に、俺とワガハイの目があう。

「いいや。ミャイチを見ても動かなくなった。前はミャイチの背中を撫でたり、ぶつぶつしゃべったりしていた」

ひとまず胸を撫で下ろしたが、気がかりなのは変わらない。

「なあ、ミャイチ。よかったら最初から話してみないか」

俺が問いかけると、ミャイチは尻尾をふくらます。

「なんで猫人間なんかに」

「こう見えて、俺は人間のことをよく知ってるんだ」

「猫人間は嫌いだ。さっきもひどい仕打ちを受けた。早くここから出せ」

シャワーのことを言っているのだろう。こちらがよかれと思ってしたことに、猫は恩を感じたりしない。いつだって自分が世界の中心だ。

「コミチ、ここは吾輩に任せろ」

警戒している黒猫の前に、ワガハイがゆっくり近づいていく。

「ミャイチも昔ほど、猫も人間も嫌いではなくなったろう。コミチはこれでけっこうなお人好しだぞ。そんなに嫌う必要はない」

「いきなり熱い水をかけられた。熱い風も」

「わかるぞ。吾輩もあれは嫌だ。しかし人間はみなやりたがる。やつらはみんなつるつるで、毛繕いができぬからしかたないのだ」

ふうんと、ミャイチがうさんくさそうに俺を見る。

「そういえば、おっさんにも一度やられたことがあった」

「長谷家の主人は、ミャイチと同じ夜行性だ。真夜中に仕事から帰ってきて、朝早くに仕事へいく。夜中に顔を見にいくと、うれしそうに話をする。ミャイチも楽しい」

「おっさんはミャイチによくしてくれたのだな」

ふむとうなずき、ワガハイが視線を送ってくる。

それだけではわからないと、眉を動かし返答した。

「それが最近は、無視されるようになったのだな。ほかに変わったことはあるか」

「妻と子がいなくなった。いまあの家には、おっさんしかいない」

「ちょっといいか、ミャイチ」

大事なことなので、俺も口をはさむ。

「長谷さんの妻子は、どのくらい留守にしてるんだ」

「いっぱいだ。なんでそんなこと聞く、猫人間」

素直に答えてくれたものの、ミャイチはまだ警戒をゆるめない。

しかしひとまず、状況は察した。

長谷さんがミャイチを構わなくなったのは、おそらくは妻子が家を出ていったからだろう。詳細はわからないが、仕事で多忙らしいことは関係ありそうだ。

だとすると離婚、別居といった話である可能性が高い。

「どうだ、コミチ。なんとかしてやれそうか」

「いや、これは無理そうだな」

俺は首を横に振る。

「あくまで推測だが、長谷さんが無気力になったのは家庭の不和、つまり家族がばらばらになったことが原因だろう。それなら首を突っこめるのは弁護士だけだ」

「おい、猫人間！」

ミャイチが身を乗りだしてきた。

「ばらばらになった家族を連れ戻したら、おっさんはもとに戻るか」

「それは……難しいだろうな。そもそも長谷さんの奥さんと子どもは、単に場所を移動したわけじゃない。もう長谷さんと家族ではなくなったんだ」

答えると、ミャイチは「はっ！」と威勢よく鳴いた。

「猫人間は物を知らないな。家族は家族だ。やめるとか、やめないとかない。ミャイチは親の顔を知らないが、それでも家族だ」

「人間はやめるんだ。離婚といって、家族をやめることができる」

「なんでだ。やめるな」

「やめたくてやめるわけじゃない。どうしても家族でいられなくなったんだ」

俺の前職はマンション販売の営業だった。お客さんの中には、買ったばかりの家を売りたいという家族もちらほらいた。

経済的に大きく損をするとわかっていても、人は離婚する。

生まれたばかりの子どもがいたって、夫婦は別れてしまう。

だが離婚は、決して不健全な選択じゃない。

夫も妻も子も、家族である前に個人だ。一時の感情ではなく、長い目で見て家族全体が幸せになると判断したなら、その決断はきっと正しい。

「じゃあどうすれば、もと通りになる」

ミャイチは納得がいかないようで、いらだちで毛が逆立っている。

「おそらくは、もう無理だろう。別れたふたりは、価値観が決定的に違うんだ。第三者が口を出して、どうこうできる問題じゃないんだよ」

俺と稲村もそうだった。

価値観の違いは、時間をかけて理解していけばいい。俺は毎日スコップで土をすくって、ふたりの間の溝をこつこつ埋めているつもりだった。

しかし稲村から見れば、溝には最初から底なんてなかった。

「コミチくん、ずいぶん実感がこもってるわね。経験談かしら」

クラベルが首だけ振り返って俺を見る。

「単なる一般論だ。夫婦の三組にひと組は離婚する」

「夫婦と未婚のカップルでは、だいぶ事情が違うでしょう」

「いま話しているのは長谷家のことだ。クラベル、状況を考えて――」

「うるさい！　もういい！」

ミャイチがひときわ大声で鳴いた。

「猫人間は役立たずだ！　ミャイチをここから出せ！」

黒猫が部屋の南側に向かって走る。

待てと言ったときにはもう、ミャイチは障子を突き破って縁側に出ていた。少しだけ開いていた窓に体をねじこみ、まだ雨が降る外へ飛びだしていく。

「せっかくきれいに洗ったのに、台なしね」

クラベルがあくびをして、そのまま丸くなった。

「コミチ。長谷氏の件は、本当にどうすることもできないのか」

ワガハイに問われ、あらためて考える。

自分のことすらどうにもできなかったのだから、俺がよその夫婦仲を取り持つなんてできるわけがない。

長谷家の事情だってなにも知らない。主人の顔すら見たことがない。

だから自分が、なぜこう言ったのかわからない。

「ひとまず明日、長谷さんの様子を見にいくか」

「いよいよコミチは、猫の駆けこみ寺だな」

ワガハイはあきれ声で鳴き、それでいて尻尾をうれしげに動かした。

不覚をとった！

綾野のじいさんの家で、ミャイチは猫人間に捕まった。

ぼんやりおっさんのことを考えていたら、いきなり網をかぶせられた。

頭にきたので暴れ回っていたら、ワガハイが落ち着けとなだめてくる。

ワガハイには、昔ちょっと世話になった。

ジョバンニの手下たちから、かくまってもらったりした。

ワガハイは悪い猫じゃない。

だから猫人間への攻撃は、一応ちょっと手加減した。

でもミャイチの頭にお湯をかけてきたときは、さすがに怒った。

猫人間の腕は、長谷のおっさんと同じくらい傷だらけになった。

「ミャイチ、さすがにやりすぎだ。コミチもちょっと泣いておるではないか」

ワガハイにたしなめられて、ミャイチも少し反省した。

人間はみんな猫に優しいと知っていたのに、久しぶりにやってしまった。

「にー！」

猫人間の頭の上の猫が、ミャイチを威嚇してきた。

猫人間が島へきてから見かけるようになった、白い子猫だ。

「その子、コミチくんのことが大好きなのよ。あんたもあたしと同じで、つむじに嫌われたみたいね」

猫人間の家には、なぜかクラベルもいた。

ミャイチは気が向いたとき以外は、猫集会に出ない。

だから事情は知らないけれど、クラベルは猫人間の家に住んでいるみたいだ。

猫人間は、猫の言葉で猫を引き寄せるのかもしれない。

猫人間は、あやしいやつだ。

あやしいけど、ミャイチが引っ掻いても怒らなかった。

そういうところは、おっさんと似ている。

そう思ったから、ミャイチは猫人間におっさんのことを話してみた。

でもおっさんみたいには、助けてくれなかった。

難しいとか、無理だとか、そんな話ばかりで役に立たない。

ワガハイもクラベルも、たぶん猫人間に言いくるめられている。

ミャイチはだまされない。
だから綾野のじいさんの家を飛びだした。
雨を避けながら走って走って、おっさんの家に着いた。
まだ昼だから、おっさんは帰ってない。
家の軒下《のきした》で休むことにした。
おっさんが帰ってくるのを待つときは、よくここで眠っている。
だからミャイチは、おっさんの家族のこともそれなりに知ってる。
おっさんの妻は、おっさんほどではないけど働いていた。
妻は仕事が終わると、どこかに預けていた子どもと一緒に帰ってくる。
帰ってくると食事を作ったり洗濯したりで、家の中がうるさくなる。
その後しばらくすると、子どもが寝る。
それからさらにしばらくすると、妻の話し声が聞こえてくる。
たぶん電話というやつだ。
「お疲れさま。カズくんはもう寝たわ……うん……問題ない、かな」
おっさんの妻の声は、相手を気づかう優しい感じだ。
だから電話の相手は、おっさんだと思う。

「気にしないで。あなたはすごくがんばってる。私も感謝してる。それでね、新聞のことなんだけど……」

この「新聞」という言葉は、ときどき出てきた。

「友だちなのはわかるけど……でも、月に三千円よ……そうかしら。私はたいした金額だと思うわ。うん……考えておいて。それから、帰ってきたらちゃんと寝てね。お布団干しておいたから」

妻とおっさんの電話は、いつもこんな風だった。

妻はいつも、おっさんを心配していた。

だから、急に家族をやめるなんておかしい。

でも、おっさんの妻と子どもはいなくなった。

誘拐かもしれない。

島の猫が減ったのは、勝手に連れ帰る人間のせいだとワガハイに聞いた。

でも、たぶん違う。

誘拐だったら、おっさんはきっと自転車を漕いで家族を助けにいく。

いつも家族の話をしていたから、おっさんは家族が好きだ。

そして家族がいなくなったから、おっさんは元気がない。

それだけは、猫人間の言う通りだ。

そんなことを考えながら、軒下でうとうとする。

気がつくと、水たまりに月が映っていた。

いつの間にか雨は止んでいて、夜もかなり更けたみたいだ。

おっさんはまだ帰ってこないのか。

そう思ったら、玄関のほうでがらりと音がした。

じっと待っていると、真上でからからと窓が開く。

「ミャイチ、いるかい」

おっさんの声が聞こえたので、ミャイチは窓枠に飛び乗った。

「寒かっただろう。あったまっていきなさい」

おっさんが、タオルでミャイチの全身を拭いてくれる。

相変わらず疲れた顔だけど、今夜のおっさんはすごく元気だ。

「明日は休みだけど、朝から出かけるよ。前みたいに自転車で鎌倉まで行くんだ。妻と息子に会いにね。だからミャイチ、朝になったら起こしておくれ」

そう言うと、おっさんは「なんてね」と笑った。

「妻と子どもを連れ帰るのか！」

ミャイチは興奮して鳴いたけれど、もちろんおっさんには伝わらない。

「笑える日になるといいなあ」

そんなことを言いつつ、おっさんは湿っぽい布団に倒れこむ。

まだ服も着替えていないのに、そのまま眠ってしまったみたいだ。

おっさんは疲れているというか、弱っているように見える。

猫だったら姿を見せないくらい、おっさんは死にそうな顔だ。

しかたないので、今夜はミャイチが見張ってやることにした。

「起こしてやるから、たくさん寝ろ」

そう鳴いて、おっさんの腕で丸くなる。

そしたらあんなに寝たのに、ミャイチはまた寝た。

2

「困ったな。なんて話せばいいんだ」

長谷家の玄関に着いたものの、インターホンを押す勇気がなかった。

俺は長谷さんと面識がないし、肝心のミャイチもここにいない。

それでいてこっちは先方の事情をうっすら知っているという具合で、どう声をかければいいかの見当もつかない。

「コミチ、誰かを演じるというのはどうだ。役所の職員であるとか」

ワガハイの案は悪くなかった。

セールスの人間を演じる程度なら、さして大ごとにもならないだろう。少なくとも無職よりは信頼されそうだ。

「とりあえず、それでいくか」

見切り発車だが、これ以上の案も出てこない。その場でインターホンを押す。

しかし反応はなかった。家の中で人が動いている気配もない。

「日曜なのにな。まあ仕事が忙しいみたいだし、今日は帰るか」

正直なところ、俺はほっとしていた。ミャイチの力にはなってやりたいが、離婚問題は少々手に余る。

「コミチ、あっちだ。ミャイチはたしか、長谷氏の部屋の窓から出入りしていると言っておったただろう。様子を見にいこう」

ワガハイが勝手知ったる顔をして、ひょいひょい庭へ入っていく。

「待て。俺は行かない、というか行けないぞ」

猫はともかく、人間はさすがに不法侵入だ。

「……なんと！　コミチ、きてくれ！　えらいことだ！」

こういうとき、ワガハイは悪ふざけをするタイプではない。

俺は辺りに人がいないことを確認し、「失礼します」と庭へ入った。

リビングと思しき部屋の窓は閉まっている。

しかし奥の角にも部屋があり、その窓が猫一匹分だけ開いていた。

「コミチ、こっちだ」

ワガハイの声は室内から聞こえる。

俺は「すみません」とつぶやきつつ、窓の隙間から中をのぞいた。

六畳ほどの部屋に布団が敷いてある。

その掛け布団の上に、人が倒れていた。

眠っているわけではないのは、口の周りが血で汚れていることでわかる。

「コミチ、間違いない。吾輩の記憶にある長谷氏と同じ顔だ」

室内にいるワガハイが、瞳を収縮させつつ断言した。

「長谷さん、通りがかりの者です。大丈夫ですか」

窓を開けて声をかけたが、長谷さんからの反応はない。

やむをえず窓枠に足をかけて侵入し、長谷さんの首に手を当てる。

「……脈はある。とりあえず救急車を呼ぼう」

自分の携帯から一一九に電話した。

「こんなときに、なぜ肝心のミャイチはいないのだ！　いや……臭いはするな。となると、さっきまでここにいたのか……？」

ワガハイは畳に鼻をこすりつけ、すんすん嗅ぎ回っている。

「ワガハイ、いまはいい。まずは長谷さんのスマホを探してきてくれ。それから郵便物とか、連絡先が書いてありそうなものを」

俺は長谷さんとは完全に無関係な人間だ。救急車には同乗するつもりだが、病院へ伝えるべき家族の連絡先を知らない。

「あったぞ。コミチ、これはなんと書いてある」

ワガハイがPC用のモニタが置かれたデスクの上に、スマホを見つけた。

モニタの横に、付箋紙が一枚貼ってある。

「『日曜　鎌倉　十一時　水鉄砲を風呂から持っていく』だ」

「水鉄砲は、子どものおもちゃであるな。それを持っていくということは、長谷氏は息子に会う予定だったのではないか」

「だろうな。鎌倉に十一時。待ちあわせ場所が書いてないから、『鎌倉』という単語自体が特定の場所を指すんだろう。水鉄砲の件をあわせて考えると、おそらくは奥さんの実家があるんじゃないか」

そして日付ではなく『日曜』とメモしてあるということは、これは直近の予定、すなわち今日である可能性が高い。

「そういうことか……」

ワガハイが、ぎゅっと目をつぶった。

「どうしたワガハイ。なにかわかったのか」

「おそらくミャイチは、長谷氏の妻君と子に報《しら》せに走ったのだ」

「ミャイチは実家の場所を知っているのか」

「わからん。だがあやつは昔から無鉄砲だ。考えるより先に走る」

無闇に走ったところで、藤沢辺りで迷子になるのが関の山だ。

ミャイチを追いかけるべきかと考えていると、救急車のサイレンが聞こえてくる。

「とりあえず、長谷さんを病院に連れていくのが先だ」

時刻を確認すると、午前九時を回ったところだった。

スマホのロックは解除できない。

郵便物にも奥さんの連絡先は載っていない。
こちらから家族に連絡する方法は、いまのところない。
向こうからの着信も、おそらくは十一時をすぎない限りないだろう。
長谷さんの容態次第では、それでは遅いかもしれない。
「ミャイチ……おまえは奇跡を起こせるか」
小憎らしい黒猫だが、いまはあいつの頑張りに期待するしかなかった。

ミャイチも猫なんだから、たぶん母はいた。
でも母がどんな猫だったかは知らない。
ミャイチが猫人間の家のつむじくらいの頃は、人間に飼われていた。
でもその人間も、どんな顔だったか覚えてない。
覚えているのは、ずっとずっと悲しかったことだ。
ミャイチはたぶん、母猫や、飼い主から離れるのが嫌だった。
顔も声も忘れたのに、「捨てないで！」と鳴いていたのは覚えている。

どんな家族も、引き離されることは苦しい。
お互いの幸せのためでも、望んでないほうは一生悲しい。
だからミャイチは、家族を見ると胸がもやもやした。
羨ましくて、悔しくて、見るのが嫌だった。
猫人間の家だって、家族みたいで心がきゅっとなった。
ミャイチに家族はいない。
おっさんだって、家族だと思ったことは一度もない。
一匹ぼっちだったミャイチに、おっさんはあったかい気持ちをくれた。
だから大切な人間だけど、おっさんは家族じゃない。
きっとおっさんも、ミャイチを家族と思ってない。
おっさんの家族は、妻と息子だ。
おっさんはいま、その家族と引き離されている。
ひとりぼっちで、抜け殻みたいになって、今朝はとうとう血を吐いた。
だから、ミャイチは走った。
昨日の晩、おっさんは家族に会いに鎌倉へ行くと言っていた。
ミャイチは弁天橋より先に行くことは滅多にない。

でも実は、鎌倉へは行ったことがある。
おっさんが自転車を漕いで、動物病院に連れていってくれたときだ。
「免許がないから、猫を連れて鎌倉まで行くのはひと苦労だなあ」
おっさんは汗まみれで、そんな風に笑っていた。
ミャイチは暴れる猫だったから、電車に乗れないと思ったみたいだ。
だからあの病院を目指せば、きっとおっさんの妻と子に会える。
ミャイチは走った。
猫人間は、おっさんが『家族をやめた』と言っていた。
でもあの優しい妻なら、きっとおっさんを助けてくれる。
ミャイチは絶対に、おっさんを死なせない。
絶対にだ。
走って走って、弁天橋を渡った。
道は体が覚えている。
どっちへ曲がれば鎌倉へ着くか、ミャイチはだいたいわかってる。
でもすぐに立ち止まった。
猫は走るのが速いけど、ずっとは続かない。

でも少し休めば、またすぐに走れる。
ミャイチは走ったり止まったりして、鎌倉を目指した。
江の島にはほとんどない車が、あちこちをびゅんびゅん走っている。
いつ止まるかわからないから、道を横切るときは運任せだ。
なんどもなんども、車から大きな音を鳴らされた。
でも怪我はしなかったから、ミャイチは走り続けた。
どれくらい走ったか。
鎌倉にはまだ着かないのかと、ちょっと立ち止まる。
見上げた空はどんより曇っていて、いまにも雨が降りそうだ。
だから休むのもそこそこに、ミャイチはまた鎌倉を目指して走った。
道のひとつひとつは、覚えてない。
なんとなく、こっちだと感じられる感覚だけが頼りだ。
しばらく走っていると、額にぽつんと水が落ちてきた。
雨だ。
地面が濡れて、足取りが重くなった。
顔に当たる雨の粒に、すごくいらいらする。

きっとまだ、半分もきていない。
頼りにしていた感覚が、鈍くなってきた気がする。
それでもミャイチは走るしかない。
走らないと、おっさんが死ぬ。
雨の中、足をもつれさせながらミャイチは走った。
前が見にくくて、ぬかるみに足を取られた。
三回か、四回は転んだ。
顔から地面に突っこんでいくと、思わず叫ぶくらい痛い。
でもミャイチは立ち上がった。
こんな痛み、ジョバンニの猫パンチに比べたらたいしたことない。
病院で消毒されたときに比べれば、屁みたいなものだ。
だからミャイチは走り続けた。
口の中に血の味を感じながら。
顔を流れる雨を舐めて。
走っている間は、おっさんのことを考えた。
おっさんはいつも、自分の弱さを話してくれた。

もう四十をすぎているのに、毎日不安でしょうがない。

仕事は行き当たりばったりで、毎日自分を削って穴に詰めこむみたいだ。

でも小さい子どもを抱えている身で、弱音は吐けない。

子育てにはお金がいるから、つべこべ言わず働くしかない。

「本当に、そんなにお金がいるのか。そんなに働かなければ、人間は子どもを育てられないのか」

たまにそんな風に、鳴いてやることがあった。

島の地域猫の中には、子どもを育ててるやつもいる。

育てるといっても、なにかしているようには見えない。

食事は島の人がくれるし、親猫がするのはたまの毛繕いくらいだ。

それでも猫はなんとかなる。

もちろんおっさんには通じないけれど、ときどき伝わった気もする。

「僕がもっと器用だったら、仕事と家庭を両立できるんだけどね……」

おっさんが隅っこの部屋で寝ているのは、妻と子どもを起こさないためらしい。

おっさんほど、家族を愛している人間はいない。

なのにどうして、妻と子どもは家族をやめたのか。

そんなことを考えていると、目の前に突然バイクが現れた。

「あっ」

バイクの運転手とミャイチは、同時に叫んだと思う。

次の瞬間、目の前が真っ暗になった。

体がつんのめるように、コンクリートの地面にたたきつけられた。

がしゃん、どすんと、盛大にバイクが転ぶ音がした。

「いったた……大丈夫？」

どうにか目を開くと、若い女が走り寄ってきた。

ヘルメットの下の顔に、ミャイチが引っ掻いたみたいな傷がある。

女の後ろに、人間が食べるピザっぽいのが飛び散っている。

「あやうくぶつかるとこだったけど、きみはすごいね。自分で飛びのいて、バイクをかわしたみたいだよ」

そうだった。ミャイチはとっさに後方に飛んだ。

おかげで背中を電柱にぶつけたけど、こんなのかすり傷ですらない。

「黒猫ちゃん、大丈夫？　とりあえず、きみを病院に連れていくね。すぐ近くに評判のいい動物病院があるんだよ。うちの猫もお世話になってるよ」

運転手の女は、ミャイチに手を伸ばしてきた。
自分だって、怪我をしているのに。
たぶん仕事を、失敗したのに。
こいつも、おっさんみたいなお人好しだ。
だからミャイチは、引っ掻かないで走った。
「あっ、ちょっと待って黒猫ちゃん！」
運転手の声に振り返らず、ミャイチは駆けた。
こんなことで、止まるわけにいかない。
一秒でも早く、妻と子におっさんのことを報せないと。
「くっ……！」
走っていると、足に痛みが走った。
さっき電柱にぶつかったとき、ひねったのかもしれない。
でもたぶん、折れたわけじゃない。
だからミャイチは、歯を食いしばって走った。
でもときどき激痛が襲ってきて、前足が止まった。
おっさんの妻のいるところまで、あとどれくらいだろう。

本当に、こっちであっているのかな。
足を止めると、不安がどんどんせり上がってくる。
だからミャイチは走った。
考えたって、なにも変わらない。
いまのミャイチにできるのは、走ることだけ。
だからミャイチは、雨の中を走る。
おっさんの命は、もちろん大事だ。
でもそれ以上に、ミャイチはもう家族がばらばらになるのを見たくない。
ミャイチはしんどかったけど、がんばって走った。
走っている、つもりだった。
気づけば痛む片足を引き上げて、ひょこひょこ歩くだけになっていた。
もう、だめかもしれない。
さっきから、どっちの道を行けばいいかもわからない。
疲れのせいか、鼻もぜんぜん利かない。
若い頃、こういう状態になんどもなった。
どうしようもなくなって道に倒れていると、いつもおっさんが助けてくれた。

体を拭いて、傷を手当てして、ミャイチにあったかい気持ちをくれた。

「僕は昔、サッカーをやってたんだ。ミャイチほどじゃないけど、よく走ってたよ」

おっさんはそう言ってたから、ミャイチはまだ走れるはずだ。

根性で、前足を一歩踏み出した。

引きずるように、後ろ足を動かした。

「おっさんを、ひとりで死なせない……！」

でも、だめだった。

その場に顔から崩れ落ちた。

もう無理だ。

ミャイチはこれ以上、走れない。

歩くことだって、できない。

悲しくて、悲しくて、涙が出てきた。

悔しくて、悔しすぎて、かすれた声で鳴いた。

「……おっさん、ごめん」

そしたら遠くのほうで、聞き覚えのある子どもの声がした。

「お母さん、見て！」

かすむ目を開けると、人の影がふたつ見えた。

「あの子、ミャイチだよ！　お父さんがかわいがってた猫だよ！」

「たしかにときどき、庭で見た猫に似ている気がするけど……」

近づいてきたのは、傘を差したおっさんの妻と子だった。

「どうしたの、ミャイチ？　お父さんになにかあったの？」

子がミャイチに顔を近づけてくる。

「おっさんが死にそうだ！　妻！　子！　なんとかしてくれ！」

そう鳴き返したが、もちろん通じるわけはない。

「やっぱり似ているだけで、別の猫よね。ここから江の島まで距離があるし」

「お母さん、見て。ミャイチ、怪我してるみたいだよ」

子がミャイチの足を指さした。

「かわいそうに。もうお父さんも起きてるはずだから、診てもらいましょう」

妻がミャイチを抱き上げた。

その腕の中で、もがく。

「ミャイチのことはいい！　おっさんを助けてくれ！」

「暴れないで。うちは動物病院をやってるの。ちゃんと怪我を治してあげるわ」

妻にも子にも、ミャイチの話が通じない。

なぜだと、地団駄を踏むこともできない。

「お母さん、この猫やっぱりミャイチだと思う。もしかして、お父さんになにかあったのかも。お願い、電話してみて」

ミャイチをのぞきこむ子どもの顔は、泣きそうになっていた。

「一、二時間後にはこっちにくるはずだけど……そうね。電話してみましょうか」

妻がポケットから電話を出す。

「そうじゃない！　いますぐ家に戻ってくれ！　おっさんが！」

手遅れにならないよう、ミャイチは精一杯叫んだ。

「もしもし……えっ……はい……主人が……？」

誰かが電話に出たみたいで、妻は戸惑っている。

「……はい。わかりました。すぐに向かいます……えっ？」

妻はさっきよりも困惑の顔をして、なぜかミャイチを見た。

そうして手に持った電話を、ミャイチに近づけてくる。

「聞こえるか、ミャイチ。長谷さんは無事だ。よくやった」

電話の向こうで、猫人間が言った。

3

「夢のひとつが、かなった気分だ」

海を見下ろすオープンカフェで朝の陽射しを浴びながら、丸い形のフレンチトーストにナイフを入れる。

軽く焦げ目がついた外側の部分はカリッと歯触りがよく、内側の生地はエッグソースでひたひたになっていた。それらが渾然《こんぜん》一体と、口の中で甘くとろける。

「ならばコミチの夢は毎日かなうな。吾輩もつきあうぞ」

パラソルが作る日陰の下では、ワガハイが小皿のゆで卵を食べていた。先に食べたサンドイッチの具だ。隣ではクラベルも優雅にミルクを舐めている。

「このお店、きっとシチリも好きよ。いつか誘ってあげて」

これまで猫たちの頼みを聞くと、ささやかな報酬として江の島のうまいものを食べることにしていた。

とはいえ今回はミャイチ自身が奮闘したので、俺はなにもしていない。

そう言うと、ワガハイに諭《さと》された。

「謙遜する必要はなかろう。コミチがミャイチの頼みを聞くべく家を訪問した結果、長谷氏は一命を取り留めたのだ。なんとか券もまだ余っておる」

あの日、俺は長谷さんの救急車に同乗して病院へ向かった。

長谷さんは病名で言えば肺炎らしい。大事には至らなかったが、発見が遅れたら危うかった可能性もあるそうだ。

まずは家族に連絡をと思ったが、スマホのロックが解除できない。「けしからん。科学の進歩はろくでもない」とはワガハイの弁だが、たしかに人間はこの機械に頼りすぎているとは思う。

ともあれ長谷さんの無事は見届けたので、次にすべきはミャイチの確保だ。

「コミチには、足が必要であるな」

ワガハイに提案され、俺は観光用の自転車をレンタルした。ミャイチがどこにいるのか不明だが、ひとまずは鎌倉を目指すことにする。

つむじをサコッシュに押しこみ、ワガハイを自転車の前カゴに載せてペダルを漕いでいると、その様子が面白いのかあちこちで写真を撮られた。

そうこうする間にかなりの距離を走ったが、ミャイチは見つからない。降ってきたので雨宿りしつつワガハイと相談していると、長谷さんのスマホが鳴った。

俺たちの心配をよそに、ミャイチは長谷夫人のもとへたどり着いていた。

聞けば夫人の実父が獣医であるらしく、ミャイチも世話になっていたらしい。

その後は病院へとって返し、俺はそっと長谷さんにスマホを返した。

それからどうなったのかは知らない。

一家の不和は気がかりだが、やはり首を突っこみにくい問題だ。

ミャイチも音沙汰がないので、俺たちは日常に戻った。

そうして朝からカフェという、少しだけ非日常の贅沢をさせてもらっている。

「でも意外ね。コミチくんの夢が、こんな女子っぽいものなんて」

この手のことになると、クラベルはやたらと鋭い。

実際俺がカフェにきたのは、稲村の言葉が記憶の隅にあったからだ。

いつかおしゃれなカフェでフレンチトーストを食べてみたいと、当時の稲村はＳＮＳの写真を眺めてうっとりしていた。

俺はそんなささやかな夢すら、かなえてやることができなかった。

それを知ったら、うちの猫どもは怒るだろうか。

「男はこういう店に入るのが恥ずかしいんだ。自分が浮いているような気がして、食事を楽しめない。だが今日は、おまえらが人の目を引きつけてくれる」

そのごまかしは、すべてが嘘というわけでもない。

キャラメル味のバナナがトッピングされたおしゃれなフレンチトーストを男ひとりで食べるのは、ジュエリーショップに入るのと同じ勇気が必要だ。

「情けないな。先生はいつもこの店で、うまいうまいと食っておったぞ」

「文豪がそれをやると、ハイカラって感じで絵になるんだよ。足下に一匹の猫までいるんだから最強だ」

俺の言葉に気をよくしたようで、ワガハイは目を細めて胸をそらせた。

クラベルは話がそれたと感じたのか、静かに海を見つめている。

「こればかり言っている気がするが、今日もいい天気だな」

頭上のつむじをちょんとつついて、俺も景色を眺めた。

水平線が、空と海とをはっきり二分している。

同じ青という色なのに、その濃淡はまったく違っていた。

なんとなく、鏡に映った顔と実際の自分は違うという話を思いだす。

しょっちゅう泣く子ども時代の俺を撫でながら、ばあちゃんが励《はげ》ましてくれた。『鏡と同じだよ。コウちゃんは、自分が思っているほど弱くは見えないよ』と。

「コミチは、ずっとこうして暮らしていく気か」

ワガハイの言葉で、ふっと我に返る。

「まあ、いずれは仕事を見つけるさ。いまは人生の有給休暇みたいなもので、ひとりでなにも考えない時間がほしいんだ」

とはいえ、結局はうだうだ考えているのが現状だ。

「吾輩は、どうしたってコミチより先に逝くぞ」

あまりに唐突で、思わず咳きこんだ。

「急にどうした、ワガハイ」

「コミチとは、話が通じるのだ」

ワガハイは遠くの海を見つめている。

「おかげでコミチとすごした一ヶ月は、先生と暮らした一年に匹敵する濃密さだ。だから吾輩は、それなりにコミチの身を案じておる」

どういう意味かと思案していると、クラベルが鳴いた。

「おじいちゃんも、さすがにそろそろ話してほしいってことよ」

こちらに背を向けているワガハイを見る。

猫に歳を聞くのは御法度らしいが、周囲の声から若くないのは察しがついた。

だからかワガハイは相応にお節介で、相応に口うるさい。

俺がこの島に越してきて、四ヶ月がたった。

ワガハイと出会っていなかったら、少なくともこの店にはこなかっただろう。海を見つめて心の広がりを感じることもなかったし、草見家やシチリさんのような人と関わることもなかったはずだ。

俺はワガハイから、多くを受け取っていると思う。

逆に孤独を奪われたわけだが、俺は本当にそれを欲していたのだろうか。

「そうだな。考えておくよ」

答えると、ワガハイが不機嫌そうに振り向いた。

「かたくなすぎるぞ、コミチ。吾輩はちょっと悲しい」

顔つきはぶすっとしているが、耳と尻尾は垂れ下がっている。

「そうじゃない。言ってしまえば、ただの失恋なんだ。情けない話だから、酒でも飲まないと語れないんだよ」

「承知した。では今夜は酒盛りと――」

ワガハイの言葉をかき消すように、別の猫が現れて鳴いた。

「いた。島中探したぞ、猫人間」

猫だらけのカフェのデッキに、黒い一匹が新たに加わる。

「おお、ミャイチか。怪我をしたと噂に聞いたが、具合はよいようだな」

ワガハイが好々爺の顔になり、尻尾を海風にそよがせた。

「あんなの、たいしたことない。車の中でじいさんに触られまくったけど、始めからなんともなかった」

なんの話かわからず、みんなそろって首をかしげる。

しかしワガハイが根気強く聞き、あの日の出来事だとわかった。

ミャイチはあの日、長谷夫人の車に乗って一緒に病院へ向かったらしい。じいさんというのは夫人の父で、獣医ゆえに車内でミャイチを診察したようだ。

「ふむ。長谷氏に連れていかれた獣医が妻君の父であると知っていたから、ミャイチはあの距離を躊躇なく走れたのか。思ったほど無鉄砲ではなかったな」

ワガハイが、うむうむと尻尾でうなずく。

「いや、ミャイチは知らなかった。鎌倉に行けば妻に会えると思った」

あきれ顔のワガハイが、「コミチ、なにか言ってやれ」と催促してきた。

「ミャイチはがんばった。奇跡が起きた。それでいいんじゃないか」

「いや、よくない」

そう言ったのは、ほかならぬミャイチだった。

「ミャイチはおっさんを助けるつもりで走った。でも実際におっさんを助けたのは、猫人間だった。ミャイチは妻ではなくて、猫人間に頼るべきだった」

猫の瞳は正直だ。ミャイチは本心を言っていると思う。

「俺が長谷さんの家を訪ねたのは、ミャイチに話を聞いていたからだ。ミャイチが鎌倉まで走ったから、奥さんともすぐに連絡が取れた。俺なんておまけだよ。ミャイチが助けようとしたから、長谷さんは助かったんだ」

「違う！　本当のミャイチは、家族がばらばらになるのが嫌だっただけだ！」

それからぽつぽつと、ミャイチが自分のことを語り始めた。

最初は親や飼い主がいたはずなのに、気がつくとひとりぼっちだった。ひとりぼっちになると意地を張って、なかなか仲間を作れなかったと。

「おっさんはミャイチよりも弱い。ひとりぼっちになったら死ぬ」

だから家族を元通りにしたくて走ったのだと、ミャイチはすねたような顔で聞かせてくれた。つまりは長谷さんを助けたかったということだと思うが、ミャイチの中では因果が違うらしい。

それはたぶん、最初の問題が解決していないせいだろう。

「長谷さん一家は、まだ別居状態のままなのか」

妻子が家を出たのだろうと想像はつく。しかしそれが一時的なものなのか、もう離婚をしているのかすら俺たちは知らない。

「いや、妻も子も帰ってきた。いいことずくめだ。だからミャイチは、猫人間に礼を言いにきた。ありがとな」

ミャイチがあっけらかんと言い、へへっと笑う。

さっきまでの深刻なムードとの差に、がくんと肩が落ちた。

「そういうことは、真っ先に言いなさいよ」

ここまで口をはさまなかったクラベルも、さすがにあきれている。

まあシチリさんがクラベルに悩みを吐露したように、猫だって心のもやもやを誰かに聞いてほしいことはあるだろう。

これでミャイチがすっきりしたのなら、今回も円満解決と言えそうだ。

「それから猫人間。おっさんたちも、猫人間を探してる。お礼を言いたいみたいだ。案内してやるから、ミャイチについてこい」

夫人に名乗りはしたが、連絡先までは伝えてない。俺には不法侵入の後ろめたさがあるので、できれば遠慮したいところだ。

「わかった。そのうち顔を見せにいくよ」

「だめだ。いますぐこい」

ミャイチが真っ黒な顔の中心で、白い牙を輝かせた。

「コミチは知らぬだろうが、ミャイチはこうなると手がつけられんぞ」

昔はこれで、なかなかの荒くれ者だったらしい。

まだ痛々しい手の甲の傷を見て、俺はため息をついて会計をすませた。


きちんと敷居をまたいで長谷家を訪問すると、回復した主人が迎えてくれた。

上がるように誘われたので断ったが、「コミチ、こういうときは遠慮するものではない」と、ワガハイがひょいひょい上がりこむ。

リビングに案内され、ふたりがけのソファに猫たちと座った。

「このたびは、本当にありがとうございました。いま僕が生きているのは、綾野さんとミャイチのおかげです」

向かいのソファで、夫妻と息子さんがそろって頭を下げる。

「やめてください。俺は本当に、ただの通りすがりです」

「僕たちとの関係はそうかもしれませんが、ミャイチとは違うでしょう」

長谷さんは膝の上で黒猫の背中を撫でつつ、ゆっくり語り始めた。

長谷さんは、ひとことで言えばワーカホリックだった。夫人が子どもを連れて実家に帰ったのは、仕事一辺倒の長谷さんに家庭を顧《かえり》みてほしかったかららしい。

「なぜそんなに仕事が大事なのかと、妻からなんども尋ねられました。それは言ってしまえば、妻と子どもが大事だからです」

その矛盾した答えの意味は、聞き返すまでもない。

前職で多くの家族と接してきたが、父親が考えることはみな同じだ。家族の幸せのために父親ができるのは、自分を家族の輪からはずして必死に働くのみ。大人ならみんな知っている、人生の皮肉だ。

「だから僕は、毎日深夜まで働きました。残業したって稼ぎは増えないブラックな会社です。でも仕事をおそろそかにすると、自分の身が危うくなるかもしれない。この年齢で再就職は困難です。収入の低下もあり得ます。そう考えると、休むことなんてできません。僕は父親ですし」

そういう負の連鎖に陥ってしまうのは、長谷さんが父親というプレッシャーを楽しめない、まじめな性格だったからだろう。

婚姻年齢が上がった昨今は、特にこの傾向が強いらしい。子どもと一緒に父親も成長するという、いい意味での余裕がないそうだ。

「そんな僕を、妻はなんども諌《いさ》めてくれました。妻もフルタイムで働いているので、家計に余裕はあるんです。でも僕はどれだけ蓄えがあっても心配でした。急に病気で働けなくなったら。明日から物価が急騰したら。そんな不安が常にありました。『こんな働きかたをしていたら、それこそ病気になるわよ』と妻に言われても、家族のために僕は働き続けました」

こういう「男は家族のために身を粉《こ》にして働くべきである」という古い考えを、最近では「マン・ボックス」と表現するらしい。「男らしさ」という幻想の箱に囚われている男性は、精神を病む可能性が極めて高いとニュースで見た。

「主人は、怒らない人でした」

妻が会話に加わってくる。

「だからケンカにはならず、私も冷静に話しました。主人は帰りが遅いので、いつも電話で。私はなにが嫌だったって、この人は家族の幸せのためには自分が犠牲にならなければと思いこんでいることです。私もカズくんも裕福な暮らしより、家族との時間を大切にしてくれる父親のほうがよっぽどうれしいです。なのにこの人は、『きみたちが幸せならばそれでいい』って、疲れきった声で言うんです」

「英雄志願みたいなものか。長谷川氏はやっかいな御仁だな」

　ワガハイが顔をしかめるように目を閉じた。

「でも、ある晩の電話で気づいたんです。うちは主人の知人の関係で、新聞を二紙取っているんです。一紙だって読むひまがないのにです。無駄だからやめたらと言ってみたら、夫は『お世話になった人だから』と笑って流しました。それで気づいたんです。この人はもう、なにかを考える余裕もないんだって」

　長谷氏は家族の将来のため、端的に言えば金のために働いている。なのに年間で数万円の新聞代を無駄にしていることについて、検討すらしない。

　たかが新聞代だが、ぞっとしたのだと夫人は言う。

「だから私は、子どもを連れて実家に帰りました。自分にとって本当に大事なものはなにか、夫に考えてほしかったんです」

　大人も子どももつらかっただろう。夫が壊れていく。それはどうやら自分たちのせいらしい。そう考えたら、実家に帰るという選択もうなずける。

　けれどそれすらも、長谷さんには通じなかった。

「情けない話ですが、僕は妻の考えを理解できませんでした」

「本当にひどいんですよ。子どもを返せと怒るならまだしも、この人は『大丈夫。養育費はきちんと払うから』って、働き続けたんです」

これには俺もワガハイも、背筋を冷たくさせられた。

「僕は幸運でした。あのとき綾野さんが救急車を呼んでくれなければ、再び起き上がって働いていたでしょう。そしていずれ……」

濁された言葉は、この場の全員が理解しているだろう。

長谷さんが病んでいたのは、体ではなく心だ。

「だとしたら、長谷さんの恩人は俺じゃなくてミャイチですよ」

「それも……わかっています。息子が言っていました。『電話のおにいさんは、きっと猫の言葉が話せるんだ』って」

こういうとき、表情の変わりやすい人間は損だ。

「綾野さん、そんなに驚いた顔をしないでください。綾野さんがうちの庭を通りすがったり、ミャイチが鎌倉まで走って妻に報せにいったことは、奇跡としか言いようがない偶然です。だから僕は、信じることにしたんです。自分以外を」

結果、長谷さんは仕事を辞めることにしたらしい。いまでは戻ってきた家族にミャイチも加え、この家でゆっくりと心と体を休めているそうだ。

「ミャイチに家族ができたのか……めでたい……めでたいのう……」

涙もろいワガハイが、ごしごしと顔をこすっている。

「おにいさん。お父さんを助けてくれて、本当にありがとうございました」

息子のカズくんが、目にいっぱいの涙を溜めて頭を下げた。そこへ父も続く。

「綾野さん。本当にありがとうございました。これを受け取ってください」

感謝だけなら受け取るが、長谷さんは銀行の封筒を持っている。

「長谷さんが体を壊してまで働いたお金を受け取れって、無茶を言いますね……」

「うむ。吾輩どん引きである」

ソガハイの言う通りだ。

「すみません。ですが……」

「お金は本来の目的通り、家族のために使ってください。ミャイチは間違いなく、これからも怪我をしまくりますよ。治療費、積み立ててあげてください」

それではと、俺は猫たちを引き連れて逃げるように長谷家を辞去した。

「お金がない無職のくせに、意地を張るなんて馬鹿ね」

帰り道で、早速クラベルがからかってくる。

「ここまで意地を張ってきた結果が、金のない無職なんだよ」

ほんの言葉遊びのつもりだったが、クラベルもワガハイも押し黙った。

「……なあ。変な空気を作って、俺に話させようとしてないか」

見下ろすと、二匹とも俺から顔を背けている。

「俺はさ、結婚するつもりだったんだよ」

力を抜いて告白すると、先行く猫たちが尻尾を立てて振り返った。

頭上のつむじまで、なにごとかといった様子で立ち上がる。

「こ、コミチ。急にどうしたのだ」

「聞いてきたのはワガハイだろ。そろそろ、なにがあったのか話せと」

「それはそうだが、吾輩にも心の準備が……」

ワガハイは動揺を隠せないのか、なんども振り返って俺を見てきた。

「あの一家の話に、なにか思うところがあったみたいね」

やはりこういうときは、クラベルのほうが落ち着いている。

「ああ。いろいろと身につまされた」

「コミチくん、酒屋に寄って帰るといいわ。今夜は、いい月が出そうよ」

星が出始めた空を見上げ、クラベルがいたずらっぽく笑った。

のんびりすればよいのである

Enoshima is an island of cats

吾輩は猫であるので、冬はたいそうこたつを好む。

先生も走るという年の瀬になり、綾野家も無駄に大きい座卓を引っこめ、待望のこたつがお目見えした。

綾野のじいさんは物持ちがよく、こたつはかなり古いものである。

布団の中に頭をつっこむと赤々とした光が灯っていて、「繊細な温度調整などできません」という具合に、じりじりと毛先があぶられた。

だが、それがよいのである。

吾輩はもちろんのこと、普段はつんと外を見ているクラベルのお嬢さんも、このぬくもりには抗えなかったらしい。いまこのせまい空間の中には、ふらりと遊びにきたミャイチを含め、三匹の猫がひしめいている。

そう、三匹である。例外はつむじである。

つむじはいまだ子猫のままで、片時もコミチの頭上を離れない。

毛糸玉には反応するが、猫じゃらしや魅惑のこたつに興味を示さない。

まったくもって、不可思議な猫である。

「晩飯ができたぞ。おでん、食うか」

コミチがこたつ布団をめくった。

その頭上には、やはりつむじが落ちまいと踏ん張っている。つむじはなぜ、ここまでコミチに執着するのだろうか。

「おでんということは、また大根か」

やれやれと、吾輩はこたつから這いだす。

なんだかんだ文句は言うが、大根もコミチの料理も嫌いではない。

「いいだろう、安いんだから。それに冬は特にうまいぞ」

コミチはいまだ倹約生活を送っている。江の島へ越してきてそろそろ四ヶ月になるというのに、まだ働きに出るつもりはないらしい。

コミチが隠遁生活を送る理由は、以前に月見をしながら聞いた。

それを知ってしまうと、まあ多少は陰気になるのもしかたなしと思える。

「コミチくん、シチリからの連絡は」

お嬢さんがこたつ布団から顔だけを出した。

かの上品なロシアンブルーも、こたつの前では横着者にならざるを得ない。

「あったぞ。物件はまだ決まってないが、年明けには迎えにくるそうだ」

「そう。有言実行ね」

お嬢さんの返事はいつも素っ気ない。けれどネコ科の性《さが》というやつで、尻尾は揺れているようだ。ミャイチの迷惑そうな鳴き声が、こたつの中から聞こえてくる。

「そうなると、さみしくなるのう」

吾輩がしみじみ言うと、こたつの中から声が続いた。

「ミャイチは知ってる。寝場所は多いほうがいい。ときどき遊びにこい」

「東京から江の島まで走ってくるなんて、あんたでも無理よ」

お嬢さんはきっぱり言ったが、すぐにふふと笑った。

「でもやっぱり、島を離れるのはさびしいわね。気に入っていたから」

「ならばシチリ嬢が迎えにくるまで、島を堪能すればよかろう。コミチだって、まだ訪れてない名所がある。サムエル・コッキング苑の花々もじっくり見ておらんし、恋人の丘など名も知らんのではないか」

我ながらよい案だと、反応を待つ。

「花を見て恋人の丘なんて、デートコースみたいね」

クラベルがしれっと言い、吾輩はおおいに慌てた。

「ち、違うぞ、コミチ。吾輩はそういう意味で言ったわけでは……」

「にー！」

コミチがいじめられたと思ったのか、つむじが吾輩を威嚇してくる。

「そんなに腫れ物扱いしないでくれ。失恋くらい誰だってする」

コミチは淡々と、小皿におでんを取り分けた。

そうは言うが、コミチの場合は単なる惚れた腫れたではない。いやまあ失恋ではあるが、小から大からよもやまが積み重なった結果だ。

家族のために命がけで働いた長谷氏が、家族を失いかけたように。

つらい事情を飼い猫に吐露したシチリ嬢が、いつまでも後悔しているように。

よかれと思って墓前の花を捨てた、草見先生の孫娘のように。

人と人との関係は、互いを思っていてもほつれてしまうものである。

しかしそういう問題は、得てして第三者が解決の糸口を見つけるものだ。

島へきてそれを学んだコミチは、どう感じているだろうか。

コミチと稲村嬢の間に、吾輩がいたら結果は変わっていただろうか。

最近の吾輩は、あれこれと疑問がつきない。

夜が長くなったせいか、ついよしなしごとを考えてしまう。

「今日の味はどうだ、ワガハイ」

「うむ。うまいぞ。やはり冬の大根は甘いな」

小皿の出汁を舐めながらも、吾輩は思い返していた。

あの夜に酒を飲みながらコミチが語った、息苦しい恋の話を。

1

初出社からしばらくの間、俺は毎朝えずいていた。

吐くほどではないが、緊張すると胃から不快感がせり上がってくる。

学生の頃にはない体の兆候だったが、それだけ社会人生活は厳しいというより、単純にリラックスできない会社だったのだろう。

最初の一ヶ月は研修期間で、ひたすら挨拶と模擬営業をやらされた。

ただしミスが多いと罵声が飛んできて、容姿やら人格やらを全否定された。

しかしそこに噛みつくような、気骨のある新入社員はいない。

『こんな会社しか入れなかった、自分たちが悪いんだよ』

同期の誰かが言っていたが、それが真理だと思う。

お客さまのライフプランをサポートしたいとか、みんなが笑顔になれる仕事が目標とか、面接で吐いたようなことを本気で思っている新卒はいなかった。

みんなブラックの噂を知りながらも、特にやりたいこともないし、ここは給料がいいからと、適当な就活をしてきた人間ばかりだ。

だから同期の半分は、研修中にあっさり辞めた。

俺だってさして苦労のない人生を送ってきた甘ったれだったから、いつ辞めたっておかしくない。

俺が辞めなかったのは、同期に稲村がいたからだ。

稲村は同期といっても高校を出てすぐの就職なので、俺より四歳下だった。

こっちから見れば十代の子どもだし、稲村は稲村で俺たちが大人に見える。

だから稲村は、同期にも敬語を使った。

俺たちはそこに庇護欲を刺激され、みんな兄や姉のような態度で稲村に接し、「この子より先に辞められない」と、意地を張ることができた。

ところが、稲村は意外とタフだった。

同期で集まれば「しんどいです」、「辞めたいです」と愚痴をこぼすものの、職場ではにこにこと笑顔を見せる。

おかげでみんな辞めるわけにはいかず、やがて研修期間が終わった。

とはいえ一年、二年と経過すると、さすがに多くが辞めていく。

最終的には俺と稲村を含め、同期は三人しか残らなかった。

しかしそれゆえ、結束は強い。月に一度か二度は集まって、研修時代のように「辞めたい」、「転職したい」とお決まりの愚痴を吐いていた。

ある日の飲み会で、俺は酔った勢いでぽろりと言ってしまった。

「俺がここまで会社を辞めなかったのは、子どもみたいな稲村を差し置いて、自分だけ逃げられないと思っていたからだ」

すると稲村は、ぽつりとつぶやいた。

「どうしましょう、綾野さん。わたし、もう成人しちゃいました」

もうひとりの同期が「じゃあもういつでも辞められるな」とからかったが、俺が実際に辞めることはなかった。

遅まきながら、自分の気持ちに気づいたからだ。

稲村は弱音を吐くし、愚痴もこぼす。それでも客の前に出れば、笑顔でプロの仕事をする。上司の無茶振りにだって、嫌な顔ひとつ見せない。

そんな努力家の稲村に対し、俺は日頃から敬意を抱いていた。

そして庇護欲が必要なくなると、敬意は好意に変わっていた。

その気持ちを伝えると、稲村は言った。

「こんなに優しい人がそばにいたら、好きにならないほうがおかしいよ」

稲村は稲村で、兄のように振る舞う俺をそう思っていたらしい。

俺たちは会社に隠れて、こっそりとつきあい始めた。

稲村は人が多いところが苦手だと言う。

だから会うのは、必然的に俺の家が多かった。

お互いにひとり暮らしをしていたが、俺は自炊なんてまるでしない。

逆に稲村は料理が好きだったので、我が家の調味料は日に日に増えた。冷凍庫には小分けにした常備菜がストックされ、ひとりの食生活まで潤った。稲村の大根料理はとびきりうまく、俺の大好物になった。

一緒にすごす時間が長くなると、少しずつ稲村のことがわかってくる。

「いいなあ。すごくおいしそう」

稲村はよくスマホでSNSを眺めていた。インフルエンサーが貼った料理の写真を見るたび、羨望のため息をこぼす。

じゃあ食べにいこうと俺が誘っても、稲村は「お金がもったいない」と拒んだ。

おごるからと言っても、「そういうことじゃないの」と聞き入れない。

稲村がこれほど倹約家なのは、実家に仕送りをしているからだ。

両親のことはあまり詳しく話してくれなかったが、父親は「働けない状態」であるらしい。送金額はかなり多かったように思う。

思えばみんなで飲みにいくときも、稲村はほとんど注文をしなかった。ワリカンだから食べないと損だと伝えても、「お酒弱いし、少食だから」と笑っている。

人づきあいはおろそかにしたくないが、少しでも出費を抑えたかったのだろう。いま思えば、いかにも稲村らしい指針だ。

それならいっそ同棲しようと、提案したことがある。

俺の家のほうが会社に近い。家賃や光熱費をよこせなんて言わない。浮いたお金で仕送りも増やせるし、映《ば》える料理を食べにいくこともできる。

「俺だって、一緒の時間が増えればうれしい。互いにメリットがある」

照れながらそう言ってみたが、稲村はやんわりと拒否した。

「それだと、わたしがだめになっちゃう」

交際三年、俺が二十七で、稲村が二十三だった頃だ。

互いに大人で、相性も愛情も申し分なかった。

稲村が言った『わたしがだめに』の意味は、おそらくは立場が対等でなくなるということだろう。

経済的な援助に甘えてしまう。あるいは俺に遠慮して卑屈になってしまう。そんな風に考えたのだと思う。

俺に言わせれば誤解だが、頑固な稲村を説得するのは難しそうだった。

俺はただ、稲村を幸せにしたい。

食べたがっている料理を、食べさせてやりたい。

ではどうすればいいかと考えて、初めて結婚という単語が頭に浮かんだ。

俺の年齢的には、意識をしたっておかしくない。

子育てはひとまず置いて、結婚すれば夫婦はあらゆる面で対等になる。

稲村は親に仕送りを続けながら、生活費を半分に減らすことができる。

俺はこの思いつきに夢中になった。

結婚生活を夢想するのが仕事中の密かな楽しみになり、稲村と家族になるという未来を想像して胸を熱くしていた。どんなプロポーズをするのかも真剣に考え、夜中に稲村の指のサイズを測ったりした。

そんな風に俺が浮かれている間も、終わりはゆっくり迫っていた。

きっかけは、石上《いしがみ》という男によってもたらされた。

うちの会社はいわゆるブラックだが、業界が業界だけに給料はいい。

おかげで高い離職率を知りながらも、中途で入ってくる人間は多くいる。

石上は三十七歳の既婚者で、前職は中古車販売をしていたらしい。一年足らずで結果を出した石上は、営業二課、すなわち稲村の課の長になった。

それまで中途の社員として業績以外に目立ったところのない石上だったが、課長になるとその横暴振りを発揮し始めた。

うちの会社はもともとハラスメントが横行していたが、いわゆるセクハラについてはほとんどなかった。

ひどい話だが、パワハラは社風として容認する風潮があった。

しかしセクハラに関しては個人の問題として、会社はすぐに該当者を解雇する。家計という財布の紐を握る女性に対し、イメージ的な配慮をする必要がある業種だ。

もちろん石上も、そんなことはわかっていた。

だから問題を表面化させない、つまり泣き寝入りする相手をターゲットに選んだ。

会社内での石上は、露骨なことはなにもしない。

ただ自分の営業に、稲村を同行させる頻度がやたらに高かった。

俺が「なにか嫌なことをされてないか」と尋ねても、稲村は「なにもないよ」と笑っている。課が違う俺は、その言葉を信じるしかない。

しかしあるとき、稲村と同じ二課の人間が噂しているのを聞いた。

「最近稲村さんの成績が上がっている」

「課長と不倫を始めた途端なんて、露骨すぎる」

もちろん俺は信じなかった。とかく上司と部下は噂になりやすい。

しかし不安はあったのだろう。

あるとき冗談交じりに、「課長と噂になってるぞ」と稲村をからかった。

するとこっちが驚くほどに、顔を青ざめさせた。

「どうしたんだよ、そんなに驚いて」

尋ねた自分の声が、震えているのがわかった。

「ううん、ショックだっただけ。一応言っておくけど、なにもないからね」

愉快な話ではないので、俺はこの件を追及しなかった。

だがしばらくして、夜の街で目撃してしまう。

スペインバルから、稲村と石上が出てきたのだ。

石上は稲村の腰に手を回していたが、酔っている風でもない。

俺はすぐさまスマホを取りだし、稲村にメッセージを送った。

『大丈夫か？』

せめてそう打っていれば、あんなことにはならなかったのかもしれない。

稲村が嫌がっているように見えない気がして、俺はカマをかけた。

『いまどこにいる？』

稲村はすぐに気づいて、返信を送ってきた。

『五反田《ごたんだ》。友だちに会って飲んでたところ。もう帰るよ』

たしかにここは五反田だったが、稲村の横にいる人間は友人ではなく上司だ。

俺はふたりに近づき声をかけた。

「綾野くん、なんでここに……」

稲村の丸い目が、いつもよりも大きく見開く。

その態度から察したのか、石上がにやりと笑った。

「なんだ。彼氏って綾野だったのか。そりゃ悪いことしたな」

俺は稲村の手を握り、自分の家へ連れ帰った。

稲村は泣きながら言い訳をした。友だちと一緒だと嘘をついたのは、俺に余計な心配をかけないためだと。課長とは本当になにもないと。

「だったらどうして、あんなに近づかれても拒絶しないんだ」

「それは……綾野くんにはわからないよ」

「どういう意味だ」

「言ったでしょ。わたしは実家に仕送りをしなくちゃいけないの。会社をクビになるわけにいかないの。だからちょっとのことくらい、我慢しないといけないの」

「あれは『ちょっとのこと』じゃない。十分セクハラで訴えられる」

「訴えたあとはどうするの？　いままで通り働ける？　セクハラで訴えるような部下なんて、誰も上司になりたくないよ。わたしは会社をたらい回しにされて、最後はどこでも働けなくなる。わかりきってる」

「だからって、このまま我慢するなんてありえない」

「じゃあどうするの。綾野くんが、わたしの人生に責任を持ってくれるの？」

「ああ、持つよ。結婚しよう、風咲《かざき》」

俺はクローゼットをがさごそやって指輪を探し、稲村に差しだした。

考えうる、およそ最悪のプロポーズだろう。

けれど稲村は笑ってくれると、このときはまだ思っていた。

「……ごめん。受け取れない」

「なんで」

頭が真っ白になり、そんな言葉しか出てこない。

「綾野くんは優しいし、ずっと一緒にいたいと思うけど、結婚はできない」

「なんで」

「価値観が、違うの」

「……なんだよ、価値観って」

物事に対する考えかたなんて、同じ人間はいない。

たとえば家事の分担。エアコンと風呂の適温。普段から玄関にチェーンをかけるか否か。互いの実家への帰省頻度。自分が嫌いなものを相手が好きな場合の態度。生理現象に対するデリカシー。異性の友人への接しかた。趣味に関する干渉――。

そういった感覚をすりあわせ、ときに相手の主張を受け入れるのが、夫婦というものだろう。その議論すらせず「価値観が違う」なんて月並みな言葉を使う稲村に、俺はかすかな失望を抱いた。

けれど稲村が口にした価値観は、俺が思うものとは少し違っていた。

「文字通りだよ。お金に対する根本的な感覚」

俺は大学時代からひとり暮らしだが、当時は親から仕送りをもらっていた。

社会に出てからもボーナスをもらったときに母親が欲しがっていたバッグを贈るくらいで、送金はしていない。それでも周りに比べれば、親孝行だと思っていた。

稲村は違った。

収入の大半を親に送っている。大卒じゃなくても給料がいいから、パワハラやセクハラがあっても会社を辞められない。口にはしないが俺が贅沢をしようと言うたび、少しいらだつ自分がいる。

そんな話をまくし立て、稲村は続ける。

「綾野くんが悪いわけじゃないよ。わたしの感覚の問題なの。きみは優しいからわたしにあわせてくれるけど、いつかお金のことで大きな問題になると思う」

「じゃあ、これからどうするんだ」

「綾野くんが結婚したいなら、別れたほうがいいと思う」

互いを嫌いになったわけではない。けれど結婚したら、どこかで必ず価値観がぶつかる。俺はそれを当たり前だと思っているが、稲村は違う。

稲村は、俺を自分とは別の人種だと決めつけている。

育ってきた環境が違うと言われたら、俺は否定することすら許されない。

けれど俺たちは別れなかった。

互いの間にある溝には底がないと気づいたが、俺は未練を断ち切れなかった。

その一方で、石上は相変わらずだった。

自分の外回りには稲村を同行させ、その際には俺を一瞥してにやりと笑う。

こんな人間が、世の中には本当にいるのだ。

あまりにストレスを感じたときの俺は、会社のトイレでもためらわず筋トレした。そうしなければ、叫びだしそうだった。

そんなとき、俺は偶然エレベーターで石上とふたりになった。

「よお、イケメンくん。彼女とは仲よくやってるか」

オールバックの髪。銀縁の眼鏡。ピンストライプのスーツ。

あらためて間近で見ると、石上の外見には隙がない。作りこんだルックスから、人は能力の高さを感じ取るだろう。俺とは真逆に近い。

「聞いてるか、イケメンくん。風咲とはどうなんだ」

石上はにやついていた。俺がなにを考えているか見当がついたのだろう。当てこするように稲村を名前で呼ぶ。

「……ええ、おかげさまで」

「そうか。奇遇だな。私も彼女と仲がいい」

「……石上さんの奥さんは、稲村さんのことを知っているんですか」

陳腐な脅しと取られたのか、石上は思いきり鼻で笑った。

「器が小さいな。だからプロポーズを断られるんだよ」

怒りよりも、驚きが勝った。

稲村はそんなことまで石上に話しているのかと、唇がわななく。

「バーカ。風咲から聞いたんじゃないよ」

石上は心底楽しげに、顔をゆがませて笑った。

「おまえみたいな若いだけの男が彼女をつなぎ止めようとすると、十中八九プロポーズするんだよ。まあある程度、ヒントは聞いていたけどな」

「……なんすか、ヒントって」

自然と声が低くなる。

「ガキがすごむなよ。『綾野くんは、わたしにはもったいない』ってさ。あいつはまだ二十三だぞ。遊びたい盛りだってのに、父親は精神を病んでほぼ寝たきり。母親は必死に働いてるがまだ借金を返せない。あいつはそういう境遇だ。おまえみたいな坊っちゃん育ちとは、なにもかも違う」

「借金……？」

「なんだよ。もしかして知らなかったのか」

その一瞬、石上は本気で俺を憐れんでいるように見えた。

「飯をおごろうとすると、風咲は断るだろう。おまえはそれで、簡単に引き下がってるんじゃないか。私はあいつに金を出させたことはない。最初は抵抗していたが、風咲はすぐにあきらめたよ。それがどういう意味か、わかるか」

「あんたはそうやって、稲村に金銭的な負い目を作ったってことだろ」

石上が鼻で笑う。

「あきれたな。おまえ、なんでプロポーズを断られたかわかってないだろう」

「わかってるさ。俺と稲村の価値観の違いだ」

「違うな。おまえという人間が、頼りなさすぎるってことだ」

俺が愕然《がくぜん》となったのは、おそらくそれが真実だからだ。

価値観が違っても乗り越えられると、俺は稲村に思わせられなかったのだ。

「……だからって、セクハラが許されるわけじゃない」

俺は一矢報いたいというより、八つ当たりのような気持ちで言った。

「セクハラ？　私はそんなことしてないぞ。風咲だって言ってないだろ」

石上の狡猾な笑みを見て、俺は耐えられなかった。

「なんだよ。殴るのか」

人生で初めて、人の胸ぐらをつかんだ。

稲村は、どれほどみじめな気持ちだっただろう。

上司におごられることを断れない。腰に回された手を払えない。

そんな自分の境遇を、どれほど呪っただろう。

ここで石上を殴っても、きっとなにも変わらない。必死に自分を殺してきた稲村の思いを、なにもわかっていない俺が踏みにじるだけだ。

「あきらめろ、綾野。おまえは年だけ食ってるガキだ。風咲とは釣りあわない」

胸ぐらをつかんでいた手が、強引に振りほどかれた。

エレベーターの扉が開いて石上が出ていく。

俺は動かないエレベーターの中で、振りだしに戻ったのだと感じた。

辞めたい会社を辞められない理由を、失ってしまったのだと。

俺は退職願を出し、稲村に別れを告げた。

それからしばらくは、家に閉じこもって暮らした。

同期がときどき連絡をくれたところによると、稲村は情緒不安定らしい。

それは俺のせいかもしれないが、不安定なのはこちらも一緒だ。

俺は部屋に転がっている、なにかの空き箱と同じだった。

なにも入っていない、空っぽの人間だった。

ただの失恋なのだから、いつかは割りきれる。

そう思っていたが、生きる気力がまったくわかない。

そんな折に祖父が逝去し、俺は環境を変えようと江の島への引っ越しを決めた。

引っ越しの前夜、同期から連絡を受けた。

稲村が休職したそうだ。

遠方の支社へ出張する際、稲村はエスカレーターに乗っていた。

俺のせいか、仕事の忙しさのせいか、かなり疲労が溜まっていたという。

おかげでぼんやりしていて、エスカレーターで最後の段差につまずいた。

その拍子に、持っていたキャリーケースを手放してしまった。

稲村の後方に、人は誰もいなかった。

キャリーケースはエスカレーターの横壁にぶつかりながら、すさまじい勢いで人が待つ駅のホームへ飛んでいった。女性の悲鳴が上がった。

幸い女性には当たらず、キャリーケースは自販機にぶつかって止まった。

もしも人に当たっていたら、軽傷ではすまなかっただろう。

怖くなった稲村は、以来なにもできなくなった。

しばらくは、実家の鹿児島《かごしま》で静養するらしい。

ブラック企業のくせに給与保障はあるそうだ。石上がかけあったという。

石上は異動を願い出ていた。上司として責任を感じたのか、問題に巻きこまれる前に逃げたのかはわからない。

俺は江の島で猫たちに囲まれながら、いつも稲村のことを考えていた。

ずっとあの会社で気を張っていたのだから、ゆっくり休めばいい。

鹿児島のことは知らないが、この島のように心を癒やせる場所であってほしい。

そんなことを、俺は大根を煮ながらずっと祈っていた。


「言った通りだろ。本当にただの失恋なんだ」

恋人が死んだわけじゃない。運命の悲恋でもなんでもない。

現代ならどこにでも転がっている、交際四年のふたりの末路。

俺は発泡酒を飲み、月を見て、ミャイチが破った障子を張り直しながら、そんな話を猫たちに聞かせた。

ワガハイは「やりきれないな」と、ため息を吐いた。

クラベルは「納得いかないわ」と、意外にも怒った。

つむじは俺をなぐさめるように、ずっと頭の上にいてくれた。

2

「新年、明けましておめでとうございます」

俺が年始の挨拶をする相手は、もちろん猫たちだ。

「うむ。今年もよろしくな、コミチ」

ワガハイは礼儀を重んじて、きちんと座って頭を下げた。

「一緒にすごせる日は残り少ないけど、よろしくね」

クラベルは窓の向こうを見ていたが、一応ちらりと振り返る。

「にー」

つむじは相変わらず頭の上で、なにをやっているかわからない。

ミャイチは長谷家で正月を満喫しているだろうし、たらし猫のクロケットは初詣デートか、白猫と一緒に庭を横切っていった。

人間も猫も、正月のすごしかたは変わらない。

「元旦であるな。ここはひとつ、コミチに今年の抱負でも聞こうか」

ワガハイに尋ねられ、そうだなと考えてみる。

会社を辞めて、四ヶ月と少しがたった。

少しでも稲村の価値観を理解したいと倹約生活を送ってきたが、いまのところ取り立てて変化は感じない。

どれだけ環境をまねしたところで、俺と稲村では根本が違う。

おそらくは俺が変わったところで、稲村の価値観は変わらないだろう。

それがわかってきた気もするが、「まだ四ヶ月」という思いもあった。

でも「まだ」と感じられるうちが、潮時なのかもしれない。

「そろそろ失恋の傷も癒えたし、今年は働き口を探すかな」

まずは声に出してみるか、くらいの気持ちで言ってみた。

「おお！　よいではないか。コミチはなにか、やりたいことがあるのか」

ワガハイは耳をぴんと立て、うれしげに尻尾をそよがせている。

「前の仕事は、ハードだけど嫌いじゃなかった。人に喜ばれることをやりたいな」

会社はブラックだったが、扱っている商品は悪くなかった。

家という一生の買い物をするお客さんは、細かいところまでじっくり考え、悩み、決断する。それを一緒に考えるのが営業の仕事で、罵られることも多かったが、得られる感謝も大きかった。感極まって泣いたことも二回ある。

「『猫に喜ばれる』ではだめか。我らの言葉がわかるコミチは、クラベルやミャイチの件もあって評判がいい。頼りにされておるぞ」

ワガハイの言葉に、少なからず心が痛んだ。

かつて石上は、俺にこう言っている。

『――おまえという人間が、頼りなさすぎるってことだ』

ある意味で、稲村は石上に対しては甘えていた。

いつもなら自分を律すべきところでも、流されてしまっていた。

それは石上が稲村の上司で、同期の俺とは立場が違うからだ。石上には金もあり、地位もあり、家庭という社会的な信用もある。だから頼られる。

俺がそう思っていたのは、事実を認めたくなかったからだろう。

石上は関係なく、俺が頼りないから稲村は受け入れなかっただけだ。

「違うんだ、ワガハイ。俺が猫の頼みを積極的に聞いたのは、頼れる人間だと思われたかったからだ。俺には下心があったんだよ」

俺は猫たちに、未練にまみれた真実を告白した。

「下心があったら、いけないのかしら」

ひとこと鳴いて、クラベルが振り返る。

「あたしは下心がはっきりしている人間のほうが、逆に信用できるけどね」

「それはクラベルの主観だ」

「そうね。もっと主観を言うと、『いい人だと思われたい』くらい、下心って言わないわ。『人にいいことをすると気持ちがいい』とか、『情けは人のためならず』とか、そういう言葉を下心って言わないでしょ」

うむとワガハイが同意する。

「お嬢さんの言う通りだ。程度の差はあっても、親切に見返りを期待しない人間などいない。誰もコミチを聖人などと思っておらん」

優しすぎて涙が出るとまでは言わないが、いくらか心が軽くなった。

やはり内に抱えているもやもやは、言葉にしたほうがいい。

その際に、相手が人間である必要はないようだ。

「まあ下心はともかく、猫の話を聞いても食べていけないけどね」

ほっこりとあたたかくなった気持ちに、クラベルが冷や水を浴びせてきた。

「であらば、この家を改装して大根料理の店でも始めてみたらどうだ。猫が集まる店になれば、人も集まるかもしれんぞ」

ワガハイの思いつきは、悪くないなと思ってしまった。

飲食が厳しい業種なのは重々承知だが、あれこれ妄想していると心が弾む。こんな気分は、ずいぶん久しぶりだ。

「おっと、郵便がきたな。コミチ、取ってくるがいい」

玄関で物音がしたようで、ワガハイもクラベルも耳を立てている。

そういえば年賀状というものがあったなと、郵便受けを見にいった。

親からだけと思っていたので、予想外の一枚に息を呑む。

「稲村……」

思わず口にすると、居間で「なにっ」と鳴き声がした。

廊下へ飛び出たワガハイが、ドリフトしながら玄関へ走ってくる。

「コミチ、なんと書いてあるのだ！」

「SNSを見ていたら、俺の写真が出ていたそうだ」

先日ミャイチを追うために自転車のカゴにワガハイを入れて走ったが、あのとき撮られた写真がアップされているらしい。

モザイクもなかったようなので、ネットリテラシーは義務教育で必修にすべきだ。

「それで、稲村嬢はなんと言っている」

おおむね同期から聞いていた話だが、こんなことも書いてある。

「猫がかわいい、だそうだ」

「そんなことは当たり前である。ほかにはないのか」

「今月から復職予定で、三が日が明けたら東京に帰ってくるそうだ。仕事初めは七日だと書いてある」

「つまり、コミチくんに会いたいってことね」

珍しく、クラベルの尻尾がぴんと立っている。

そんなことはどこにも書いてない、とはさすがに言えなかった。

いまの俺は、稲村に会いたいと感じている。

よりを戻したいとかそういう話ではなく、ただ単に会いたいという感覚だ。

以前はそんな風に思えなかったので、ここ最近で変化があったのだろう。

「コミチ、ここは男の見せどころだな」

「だめよ、おじいちゃん。彼女はそういうのを求めてないわ」

ワガハイがしゃーっと威嚇の姿勢を取るも、クラベルは無視して続ける。

「コミチくんは、彼女にどうしてあげたいの」

「……そうだな。島でのんびりしてほしい、かな」

俺たちの間には、棚に上げたまま封をしたような話がたくさんある。

だが、いまさらそれを開ける必要なんてない。

稲村に必要なのは心の休息だ。俺が猫たちと暮らしてきた島の日々のような、穏やかな時間をすごしてほしい。

「だったら前に言っていた、デートコースがいいんじゃないかしら。ひとりでは行きにくいところだし、一緒に行くのが過去の恋人なら変に意識もしないでしょ」

クラベルの提案は一理ある。

「吾輩もお嬢さんと同意見である。では早速、計画を立てようぞ」

猫たちは俺を肴《さかな》に、勝手に盛り上がっている。

「一番大事なのは、どうやって誘うかなんだがな」

俺はスマホの通話履歴を眺めて、ため息をついた。

会社を辞めて四ヶ月たつのに、稲村の名はまだ一ページ目にある。

これは未練というより、俺が人から頼りないと思われている証しだ。

そんな風に感じてしまい、上向いた気持ちがしぼんでいく。

「そんなもの簡単である。吾輩に貸してみろ」

こたつの上に置いてあったスマホに、ぺたんとワガハイの肉球が触れた。

「あっ」

いともたやすく、画面に「発信中」の文字が出る。

「普段から『白黒ひっくり返す』を遊んでいるからな。このくらいはわけない」

ワガハイがえへんと胸を張る横で、俺は頭を抱えた。

「コミチ、聞け。コミチはいま、自分の人生を生きていない。少し前を向いたと思っているのかもしれんが、それは正月気分で浮かれているだけだ。すぐに陰気な顔で、うじうじと大根を煮るだけの日々に戻る」

鋭い分析だと思うが、後半部分にほんのりと傷つく。

「だからこれは、吾輩の頼みである。コミチ。男なら、いいかげん自分の気持ちにけじめをつけるがいい」

いま電話を切ったところで、着信は履歴に残る。

それに猫人間は、猫の頼みを断れない。

「わかったよ」

覚悟を決めてスマホを耳に当てると、呼びだし音が途切れた。

3

四両編成の江ノ電が、片瀬江ノ島駅のホームに到着する。

「コミチ、あれに乗っておるのか」

たぶんなとワガハイに返した俺は、改札の前で四匹の猫を従えていた。居候の二匹以外に、ひまつぶしがてらミャイチもきている。

そろそろ出てくるかと改札に目を向けると、あの頃と変わらない姿を見つけた。体は少し痩せたようだが、身につけているコートもブーツも俺は知っている。

「綾野くんだ！」

稲村が笑いながら駆けてきた。無理をしているようでもあり、つきあいたての頃と同じはしゃぎかたにも見える。

「コミチ、あまり感傷的になるでない。過去は過去だぞ」

「わかってるさ」

自分に言い聞かせるようにつぶやいて、俺は顔を上げた。

「久しぶり、稲村」

つきあっているときから、お互いを下の名前で呼ばないようにしていた。

うっかり会社内で「風咲」なんて呼んでしまったら、隠している意味がない。俺が意識して名前を呼んだのは、それこそプロポーズのときくらいだろう。

あの頃もっと呼んでおけばよかったと、いまさらの後悔がわいてくる。

「コミチくん」

ワガハイと違って、クラベルはみなまで言わない。

俺は無言でうなずいて、笑い顔を作った。

「綾野くん、なんか変わったね」

稲村も笑顔を返してくれる。

「そうかな。どんな風に」

「うーん、仙人？　ぽくなった」

「なんだそれ。みすぼらしくなったってことか」

だとしたら、それは間違っていない。最近では髪も自分で切るようになり、整えることもなくなった。おしゃれはもはや縁遠い。

「そういう意味じゃなくて、なんだろ。顔つきが大人っぽくなったのかも」

稲村が言うと、足下の猫たちが反応した。

「コミチ。これはよい雰囲気ではないか」

「そうね。少なくともマイナスじゃないわ」

「なんでだ。猫人間は大人だ。大人っぽくて当然だ」

ワガハイとクラベルは応援してくれたが、ミャイチの意見は忌憚《きたん》がない。いままで大人に見えていなかったのだと、まざまざと感じさせられる。

「大人というか、老けたんだろう。猫と縁側で茶を飲むだけの生活だから」

また猫たちに落ちこみを指摘される前に、なんとか言葉を返した。

しかし「卑屈」、「陰気」と、にゃあにゃあ野次が飛んでくる。

「この子、自転車のカゴに入ってた子だよね。名前は？　触っても平気？」

稲村がしゃがみこんだ。

「ああ。名前はワガハイ。腹をこすられると、たいそう喜ぶ」

「あはは。変な名前」

稲村がワガハイを抱き上げ、白い腹をわしゃわしゃとさすった。

「くっ……コミチ……ひぃ！　覚えておけよ……んふっ！」

涙目になりながら、ワガハイが俺をにらんでくる。

「この子たち、みんな綾野くんが飼ってるの」

「いいや。そのきれいな毛艶の猫はクラベル。知人のを預かってる。黒いミャイチとワガハイは地域猫で、つむじもそんなところかな」

俺が頭の上を指さすと、稲村はぎこちなく笑ってから足下の三匹を撫でた。

「かーわいいねえ」

顔をふにゃっとさせた稲村に、クラベルは頭をすり寄せ、ミャイチは不服そうながら空気を読んでじっとしてくれた。

「一月にしては、あたたかい日だ。のんびり散歩でもしよう」

稲村を誘い、弁天橋へ向かって歩く。

「すごい。みんなついてきてる。綾野くん、猫使いみたいだね」

レンガ敷きの道を歩きながら、猫たちが「感謝しろ」という目で見てきた。別に頼んだ覚えはないが、稲村が喜んでいるならいいことだ。

「海、久しぶりに見るなあ」

遠くの輝きを見て、稲村が目を細める。

「生えてる木も、普段見てるのとぜんぜん違うね。南国にきた感じ」

たしかに都内の街路樹に、椰子《やし》やシュロの木はないだろう。そういう意味では異国感がある島だが、進む先にあるのは実に日本らしい鳥居だ。

「『たこせんべい』だって。どんな味がするんだろ」

仲見世通りに入るなり、稲村が子どものように目をきらきらさせる。

「食べてみればわかるさ。今日は遠慮しなくていい。使用期限が残り少ないから、なんとしても使い切りたいんだ」

俺が懐から食事券を取りだすと、稲村が疑わしそうな目で見る。

その瞬間、ワガハイが駆けだした。たこせんべいを売る露店の前で、みゃあみゃあと物欲しそうな声で鳴く。

「ワガハイくんも、たこせんべいを欲しがってるみたい」

稲村が、くすくすと笑った。

実際は「コミチ、貸しだぞ」と鳴いていたので、俺は感謝をしつつ二枚買う。

「ほら、おまえらの分だ」

猫にタコはよくないらしいので、食べさせるふりだけして稲村に渡す。

「これが『たこせんべい』……あ、ほんとだ。たこの足がある」

薄焼きのせんべいは、いわゆる「えびせん」にほど近い。えびの代わりに、たこっぽいものがプレスされている。

「じゃあ、いただきます……うん！　これけっこう好きかも――」

「稲村、待った」

俺は稲村を抱き寄せ、せんべいを空から隠した。

「頭上にとんびがホバリングしてる。俺は一度カレーパンをさらわれた」

「そ、そうなんだ」

胸の辺りで聞こえた声に、かすかな動揺がある。

「すまない。そういうつもりじゃ、その、悪かった」

「ううん、わかってる。こっちこそ、びっくりしてごめんね」

稲村が笑いつつ、せんべいをコートの内に隠した。

視線を感じて下を見ると、三匹の猫がそろってにやにや尾を振っている。

今日は一日この調子かと思うと、さすがに気が重くなった。


その後は江島神社を参拝し、サムエル・コッキング苑でゆっくり花を愛でた。

遅めの昼食は、カフェでフレンチトーストを食べようと提案する。

「綾野くん。わたしがこういうお店で食べたがってたの、覚えてたの？」

「覚えてたが、それだけじゃない。前にこの店にきて感動したんだ。稲村にも、ここの食事と景色を味わってほしい」

俺はテラス席に陣取りながら、深い藍色の海に目を向けた。

「本当、絶景だね。なんだか胸が、すーってなる」

「ああ。行き交うヨット。空の青さ。いつ見ても最高だって気分になる」

「いいね。綾野くんは、こんな景色をいつも見てるんだ」

「おかげで仙人になれた」

そんな冗談を交えつつ、互いにランチを注文した。

食事が運ばれてくると、稲村は手をたたいて喜んだ。「かわいい！」を連呼して、スマホで撮影しまくった。

「パンはかわいくない。変な女だな」

ミャイチはある意味で、ワガハイよりも古風な猫かもしれない。

「ワガハイ、クラベル。気が散るから、ミャイチを黙らせておいてくれ」

サンドイッチのゆで卵を皿に分けながら、小声で二匹に頼む。

おかげで食事をする間は、稲村との会話に集中できた。

「はあ……幸せ」

稲村は味にも満足してくれたようで、顔をふにゃふにゃさせている。

「そう思ってくれたなら、誘ったかいがある」

「うん、ありがとう。誘ってもらえてうれしかった。休職中に一回東京にきたけど、綾野くん飲み会にこなかったでしょ。きっとわたしが参加するから――」

「そういう話、今日はしなくてもいいんじゃないか」

「でも……」

「俺たちは別れたが、考えかたが違うだけだ。一緒に暮らすことはできなくても、友人としてはいられるはずだ」

素直な気持ちを口にしたつもりだが、猫たちからは罵声が飛んでくる。

「未練がない、みたいな言いかたね。コミチくん、かっこ悪いわ」

「ミャイチにもわかる。猫人間はスカしてる」

「あまり言ってやるな。過去の相手に自分をよく見せたいのは、オスの性だからの。逃がした魚は大きいと思わせたいのだ」

危うく「勘弁してくれ」と言いかけたが、その前に稲村が口を開いた。

「わたし、ずるい女だよね……」

そうねと、クラベルが稲村の足下に近づく。

「あなたは純情ぶって男を振り回す、女が嫌うタイプの女。今日だって、コミチくんの優しさに甘えにきただけでしょ。プロポーズを断ったくせに」

「どうしたの？　なにか言いたいの？」

稲村が微笑んで、クラベルを抱き上げた。

「ええ。言いたいわ。価値観が違うと不平を言うなら、自分を変えてみなさいよ。少なくとも、コミチくんはそうしたわ。その上で、コミチくんは傷ついたあなたを癒やそうとしてくれてるの。それだけは、わかっておきなさい」

クラベルが激しく身じろぎして、稲村の手をすり抜ける。

「飽きたわ。あとは勝手にやって」

そんな言葉を残し、クラベルはどこかへ去っていった。

「同族ながら、猫は本当に気まぐれだのう」

ワガハイはそう言うが、クラベルがあそこまで感情的になるのは珍しい。

それだけ稲村に言いたいことがあった、というより、俺に対してなにかを伝えたかったように感じる。俺は変われたのだろうか。

「わたし、嫌われちゃったみたい……」

稲村が悲しそうに微笑んだ。

「そうかな。俺にはクラベルが、稲村を励ましているように見えた」

「あ、そんな気もするかも。姉御肌の先輩にお説教された、みたいな」

ふたりで顔をみあわせ、くすくすと笑った。

「ミャイチ、クラベルの様子を見ておいてくれるか。一応、預かり猫なんだ」

小声で言っても通じないだろうと、はっきり目を見て頼む。

「いいぞ。ミャイチはまあまあ強いからな」

俺の指示通りに走り去る黒猫を見て、稲村が仰天した。

「もしかして、綾野くん本当に猫使いなの……？」

「どっちかって言うと、猫使われかな」

ごまかしにはなっていないが、深くは追及されずにすんだ。

食事のあとは展望台に登って海を眺め、日が暮れ始めた島を散歩した。

「あ、またいた。あっちにも」

稲村は歩きながら、猫を見かけるたびに指をさす。

「この島には、本当に猫がたくさんいるんだね」

「それが目的で島を訪れる人間もいる。海を眺めて、うまいものを食べて、あちこちで猫を目にすると、心が丸く大きくなる」

俺自身がそうだったと、島での日々を思い返した。

「だから綾野くんは、わたしを誘ってくれたんだね」

「まあ、そうかな」

「優しいなあ。わたしは綾野くんに、甘えにきただけなのに」

さっきクラベルが言っていたな、と思う。

「誰だって、そういうときはあるさ。俺にだってある。そろそろ恋人の丘だ」

恋人の丘は、江の島でもっとも標高の高い場所だ。奥には天女と五頭龍《ごずりゅう》の伝説にちなんだ、龍恋《りゅうれん》の鐘が設置されている。

「すごい数……この南京錠《なんきんじょう》って、カップルが愛を誓う、みたいなやつだよね」

金網にびっしりつけられた錠前を見て、稲村は面食らっていた。

「うむ。もともとこの地には五つ首の龍が住んでいてな。人に災いをもたらす邪龍だったと伝えられている。あるとき地震が起こり、島が隆起した。すると美しい天女が降臨なさった。五頭龍は天女にひと目ぼれして、すぐに求婚した」

ワガハイの解説はまだ続く。

「天女は五頭龍に結婚の条件を出した。人々に悪さをしなければ妻になろうと。五頭龍はこの約束を守り、天女と江の島を見守って幸せに暮らした。この天女が弁財天と言われておる。この錠前は、天女と龍の夫婦にあやかったものだな。龍恋の鐘を共に鳴らした男女は、離縁しないとも言われておる」

長い説明を聞き、「だそうだ」とすませたかった。そういうわけにもいかず、それとなく端折って稲村に聞かせる。

「わたしたちが鐘を鳴らしたら、どうなるんだろう……あ」

失言だと思ったのか、稲村が「ごめん」と謝ってきた。

「いや、俺も考えたよ。興味本位で深い意味はない。ただ鳴らそうとすれば、島一番の夕焼けスポットには近づける」

俺は積極的に先に立って進んだ。

「きれい……なんか泣きそう」

「ああ。夕陽は目に染みる」

しばらくの間、稲村と並んで赤く染まる空と海を眺めた。

「わたし、課長が好きなわけじゃなかったんだよ。近づかれて困ってたんだよ」

横目で見た稲村の瞳に、夕陽が揺れている。

「知ってる。だが今日はまだ終わってない。その話はよそう」

「でも、いまじゃなきゃ言えない。今日はこんな話するつもりなかったのに、いまはどうしても聞いてほしい。お願い、綾野くん」

俺はため息が出そうになるのを隠し、「わかった」とうなずいた。

「わたし、課長のこと綾野くんに相談したかった。でも――」

「わかってる。俺は頼りにならなかった」

「そうじゃなくて」

「いいんだ。事実だし、いまではきちんと自覚もある」

あの頃の俺は、自分のことしか考えていなかった。誰かの人生を背負う意味を、まるでわかっていなかった。

ミャイチの件で長谷さんと話し、程度はともかく俺は本物の覚悟を知った。

「わたしは綾野くんとつきあってる間、ずっと負い目を感じてた。この人は自分なんかとつきあっちゃいけない人だって」

それを言い換えれば、価値観の違いになる。

たとえば相手がどこかの国の王子なら、そういう考えもわからないではない。

だが俺の感覚では、稲村と自分の間に違いなんてなかった。

そして俺がそう感じること自体、稲村には違和感だったはずだ。

「わたしがこんな風に思うこと、綾野くんは一番嫌がるってわかってた。でも……」

稲村が顔を背け、指先で目元を拭った。

「もうやめないか。一応これでも、理解できたつもりなんだ」

「……うん。綾野くんは、やっぱり変わったね」

稲村が夕陽を背にして微笑んだ。

その笑顔が、どうしようもなく切ない。

「わたしもね、変わろうと思った。だから勇気を出して、年賀状を書いたの」

俺は黙って聞くことにした。

「休職して実家に帰ったら、お母さんにすごく怒られちゃった。自分たちのことは自分たちでなんとかするから、あんたはあんたの人生を生きなさいって」

そんなことを、俺もワガハイに言われた気がする。

「わたし、すっごい子どもだった。全部わかったような気になってた。全部ひとりで背負いこんでた。あーもう恥ずかしい！　悔しい！」

金網をつかんで歯を食いしばり、稲村はぼろぼろと涙をこぼした。

稲村の家庭の事情は深く知らない。俺は借金のことさえ聞かされていない。

ただ稲村が気負っていたことや、自分を子どもと断じた理由は想像できる。

「文句ばかり言うやつは自分に甘い。他人に優しくできる人間は自分に厳しい。俺は前者で、稲村は後者だ。俺は親や社会に甘えて生きていることに気づかず、稲村は他人に期待しない分、甘えることもできなかった」

それが俺たちの間の溝だと、いまになってようやくわかった。

「……うん。言葉にすると、耳をふさぎたくなるね」

「そう思えるのは、きっと悪いことじゃない」

そこで会話が途切れ、しばらく静かな時間が流れた。

「嗚呼！　黙って見ておれば、まどろっこしいぞコミチ！　こうなったら吾輩が、焼けぼっくいに火をつける！」

ワガハイが、猫じゃらしに飛びつく勢いで跳躍する。

沈む夕陽に向かって、スローモーションで黒いシルエットになる。

そして、鐘が鳴った。

「鳴っちゃった。綾野くん、これどうなるんだろう」

すぐさまに、ワガハイが思ったようになるわけがない。

ただ、俺たちはふたりとも笑っていた。

キャリーケースを落としてしまったとき、稲村はどれほど怖かっただろうか。

人を傷つけていたかもしれない自分を、稲村が許すことはないだろう。

それが罪だとするならば、原因は俺にもある。

その上、俺は稲村が一番つらいときにそばにいなかった。

伝説の五頭龍は天女に対し、ただ約束を守ればよかった。

俺と稲村の間には、約束自体が存在しなかった。

だがいまの関係になって、後悔という形でそれを見つけた気がする。

そういう意味で俺たちは、一歩下がって半歩進んだのかもしれない。

「わたし、この島が好きになっちゃった。また遊びにきたいな」

笑顔に戻った稲村が、ワガハイを抱き上げる。

「江の島は夏がいい。釣りをして、人がサーフィンしているのを眺めて、日陰の猫たちを、うちわで扇《あお》ぐ。俺はそういう夏をすごした」

「わたし、来週くらいのつもりで言ったんだけど……」

「あ、いや、もちろんそれでかまわない」

そんなしまらない会話で、俺たちの再会は終わった。


その日の夜は、ささやかに酒を飲んだ。

「稲村も、少しは元気になったみたいだ。みんな、今日はありがとう」

猫たちに向かって頭を下げる。

俺は猫に手を貸していたつもりだが、実際は自分のほうが救われていた。

そのことに、今日はなんども気づかされた。

「礼を言われる筋あいはない。もともとは吾輩が頼んだことだ」

ワガハイはふんと鼻を鳴らし、毛繕いを始める。

あのときワガハイと出会っていなかったら、俺はいまも鬱々としていただろう。

クラベルとミャイチ、そしてつむじにも同じく感謝している。

俺自身が前を向けたのは、島と猫たちのおかげだ。

「そういえば、つむじがいないな」

頭が軽い気がして手を伸ばしてみると、珍しく自分の髪が指に触れた。

「それなのだがな、コミチ。おそらくつむじは、もう現れないだろう」

「……なにを言ってるんだ、ワガハイ」

意味がわからない。つむじは俺より前からこの家にいた猫だ。

「コミチくんも、薄々は気づいていてたでしょ。あの子が、ただの子猫じゃないって」

クラベルまで妙なことを言いだす。

「ミャイチも気づいたぞ。あの子猫、たぶん猫人間以外の人間には見えない」

さすがに「は？」と声が出た。

「コミチの祖父、綾野のじいさんは、猫の言葉を理解している節があった」

以前ワガハイがそう言っていた。顔を見ただけでカリカリを用意してくれるとか、こたつ布団をめくってくれるとかそういった話だ。

「ゆえにコミチが猫の言葉を理解するのは、血だと思っていた。しかしそれだと江の島に越してくる以前から、その力があったことになるであろう」

「そんなことは……なかったな」

島に越してきてから猫の言葉を理解できるようになったので、最初はそれを人間不信からくる幻聴だと思っていた。

「吾輩は、つむじが関係していると思っている。もっと言うと、つむじの姿を借りている人物のせいだ」

「よくわからないが、つむじにはじいちゃんが憑依《ひょうい》してるとか、そういう話か」

それはさすがに眉唾だと、猫と話せる俺ですら思う。

「つむじは女の子よ。おじいさんのような気配はないわ」

クラベルの言葉で、ふっとひとり思い当たった。

「もしかして、ばあちゃんか……？」

俺が泣いていると、いつもばあちゃんは優しく頭を撫でてくれた。

髪に触れながら、「コウちゃんは強い子だよ」と優しくなぐさめてくれた。

つむじが死んだばあちゃんであるなら、いつも俺の頭に乗っていたのも納得――はしかねるが、つじつまはあう気がする。

「いや、待てよ。つむじは俺以外の人間にも見えているはずだ」

観光客に声をかけられ、俺はつむじと写真に撮られたことがあった。

「それって、単にコミチくんが目当てだったってことでしょ」

「うむ。コミチはあちこちで、イケメンと言われておったしな」

そんな馬鹿なと思ったが、たしかにいままで出会った人たちは、誰もつむじに言及していない。稲村もそうだった。

「孫が傷ついて帰ってきた。草葉の陰の祖母ができるのは、猫の力を借りて頭を撫でてやるくらいだろう。そして今日、つむじはその役目を終えたのだ」

俺が稲村とすごして前を向いたことで、つむじは、ばあちゃんは、もうなぐさめる必要がなくなった。ワガハイはそう言いたいらしい。

「いや、つむじはいる」

俺はじいちゃんの書斎に入った。頭上にいないときのつむじは、いつもこの部屋で丸くなって眠っている。

しかし本に囲まれた部屋の中に、白い子猫の姿はない。

「考えてみろ、コミチ。つむじはエサを食わん。成長もせん。普通の猫ではない」

「だが毛糸玉には反応する。あいつはちゃんと猫だ」

言ってから、ふと思いだす。俺が子どもの頃にかぶっていた帽子や手袋は、ばあちゃんが編んでくれていたものだ。

「なあ、ミャイチは気づいたぞ」

じいちゃんの部屋を見回しながら、ふいに黒猫が口を開く。

「あいつがいなくなったら、猫人間は猫の声が聞こえなくなるんじゃないか」

恐る恐るにワガハイを見ると、目を閉じて同意した。

「おそらくは、そうなるであろう」

俺は想像すらしていなかった。猫と話せる力を得たことは、なんらかの理由によって内から生じたものだと考えていた。

それが借り物の力で、なくなる日がくるなど思っていなかった。

「案ずるな、コミチ。コミチが猫の言葉を理解できずとも、吾輩はコミチの話をきちんと聞いている。そしてクラベルやミャイチのように、世話になったコミチのことを憎からず思っている。ゆめゆめ忘れるな」

そんなワガハイの声も、いつかは「にゃあ」としか聞こえなくなる。

そう思うと怖くなり、俺は家中つむじを探し回った。


吾輩は猫であるゆえ、寒いのは苦手である。

しかし今日はクラベルのお嬢さんが島を去る日であるため、渋々に外へ出た。

目下の弁天橋には、マドンナの離郷を惜しむ猫が島中から集《つど》っている。

「すごいね……ハリウッド映画のクライマックスみたい」

週末であったので、稲村嬢も遊びにきていた。

「ああ。ゾンビ映画でなければいいな」

隣にはもちろんコミチもいる。

ふたりは合戦さながらの猫集会を見て、仲睦まじく身を寄せあっていた。

「お帰り。会いたかったよ、クラベル」

三ヶ月ぶりに、シチリ嬢が島に帰ってきた。

「そうね。あたしも会いたかったわ」

されどクラベルのお嬢さんは、優雅を忘れずゆっくりと橋を渡る。

「それじゃあね、コミチくん、おじいちゃん。またそのうち遊びにくるわ。元カノさんがいないときにね」

シチリ嬢の腕の中で、お嬢さんが鼻を鳴らした。最後まで高飛車な娘である。

「『なんであんたがここにいるのよ』って顔してる気がする……」

稲村嬢はいい勘をしているなと、吾輩はくつくつ笑った。

まあクラベルのお嬢さんとて、稲村嬢が嫌いなわけではあるまい。同じ女同士であるゆえに、吾輩やコミチよりも思うところが多いのであろう。

「コミチくん。本当にお世話になりました。今日は仕事が入っちゃって、食事ができなくてごめんね。今度クラベルと遊びにくるからね。ごちそうするから、彼女さんも一緒にね。あと報酬は、スマホに送ったからね」

シチリ嬢がお嬢さんを抱え、いそいそと駅へ向かって歩きだす。すぐにでも、再会したクラベルと水入らずの時間をすごしたいのだろう。

島の猫たちが、いよいよにゃーにゃーと大合唱で見送った。

「わたし、綾野くんの彼女なのかな」

「人からはそう見える、というだけさ。気負う必要なんてない」

かつては夫婦に近かったくせに、コミチと稲村嬢はいまだ友人のようである。

まあ焦らずのんびりすればよい。ひとつ訓示を授けてやろう。

「吾輩は思う。長い人生、いくつもある選択肢を正解だけ選べる者はいない。選べると思っているのなら、とんだ思い違いである。先人の教訓を以《もっ》てしても、人は必ず不正解を選ぶ日がくる。しかしその失敗こそが、人生の糧になるのである。『次は正しい選択肢を選ぼう』。そう思える人生は、よい人生である」

そこらの坊さんよりよい説法だと自賛していると、ひょいと抱き上げられた。

「ワガハイくんが、ありがたいお説教をしている気がする」

稲村嬢は、やはりどうして勘がよい。

「そうか。俺には『にゃあ』としか聞こえなかった」

コミチには、こちらの言葉がまるで伝わっていない。

「今日もいい天気だし、海を近くで見たいな。わたし、飲み物を買ってくるね」

稲村嬢が吾輩を下ろし、カフェのほうへと歩いていく。

吾輩は悲しみを訴えるよう、コミチを見上げてにゃあと鳴いた。

「どうしたんだ、ワガハイ。猫みたいに鳴いて」

「吾輩は猫である。ためになる話を聞かせてやったのに、反応がないのが悲しい。まるで言葉が通じなくなったような気分だ」

「しかたないだろ。稲村がいるんだから」

「稲村嬢には、もう話してもよいのではないか」

「猫の言葉がわかる、というだけなら話せるさ。問題はこいつだ」

コミチが頭上に手を伸ばし、白い子猫の顔をふにふにとつつく。

「俺の頭の上には見えない子猫がいて、ばあちゃんの魂が宿っている。そんな話、信じてもらえると思うか」

「信じるもなにも、それが事実であろう」

先日の夜、つむじはその姿を消した。

コミチの頭上にも、じいさんの寝室にもいない。玄関にも縁側にも風呂にもいないと思ったら、ふらりと立ち寄ったクロケットが台所で見つけた。

つむじは転がる毛糸玉を追って流し台と壁の隙間に入り、出られなくなった、というか、落ち着いていたようだ。

猫という生き物は、隙間を見つけると体を収めずにいられないのである。

つむじは相変わらず稲村嬢には見えないし、エサも食わず、育つ気配もない。

しかしながら、少しずつ猫らしくなっているようだ。

そういえば、ひとつはっきりしたことがある。

年末にやりそびれた大掃除で、コミチが綾野のじいさんの日記のようなものを見つけた。それによると、やはりじいさんも猫の言葉がわかっていたらしい。

しかし一子相伝の力というわけではなく、コミチの父には力がないようだ。

その理由を、綾野のじいさんはこう記している。

『これだけ島に猫がいるのだから、誰かが頼みを聞いてやらなければならない。神さまがそう決めて、気まぐれに島のひとりに力を授けたのだと思われる。あまり深く考えるようなことではないのだろう』

たしかに江の島は、神話の多い島である。

不可思議なことが起こってしかるべき土地なのだから、猫の言葉を理解する人間が現れたくらい、ばあさんの孫への想いが猫の形を取るくらい、深く考えるようなことではないのかもしれない。

「ところでコミチ。シチリ嬢の報酬はなんだったのだ」

「島で使えるお食事クーポンだ。この量をひとりで使い切るのは骨だな」

さすが社長であると、吾輩は感心しきりである。

「コーヒー買ってきたよ。綾野くん、行こ」

紙のコップをふたつ抱え、稲村嬢が戻ってきた。

「海もいいが、今日は縁側でひなたぼっこでもしたい気分だな」

「綾野くん、本当に変わったね。昔はもっと生き急いでた感じなのに。いまは、猫みたいにのんびりしてる」

「島で猫に囲まれていると、人は猫人間になるんだ」

他愛のない話をしながら、ふたりは江島神社の参道を歩いていく。

これから先、コミチはどう生きていくのだろうか。

猫の頼みを聞き、大根料理の店を始め、稲村嬢と夫婦になるのだろうか。

正直に言って、吾輩は不安でいっぱいである。

吾輩は猫であるが、コミチのせいでもはや人の話を聞くだけでは満足できぬ。

ゆえにこの先もコミチと話し、叱咤し、導いてやらねばなるまい。

しかしてそんな吾輩の活躍は、小説にしてみるのも一興であろう。

相変わらずペンは持てぬが、タブレットで文字はつづれるようになった。

先生譲りの面白を、吾輩は自ら著すことができる。

書きだしの一文は、とうの昔に決まっているのである。

この物語はフィクションです。
実在の人物、団体等とは一切関係がありません。
本作は、書き下ろしです。

鳩見すた先生へのファンレターの宛先

〒101-0003　東京都千代田区一ツ橋2-6-3　一ツ橋ビル2F
マイナビ出版　ファン文庫編集部
「鳩見すた先生」係

ファン文庫

江ノ島は猫の島である

2022年2月20日　初版第1刷発行

著　者	鳩見すた
発行者	滝口直樹
編集	山田香織（株式会社マイナビ出版）
発行所	株式会社マイナビ出版
	〒101-0003　東京都千代田区一ツ橋2丁目6番3号　一ツ橋ビル2F TEL 0480-38-6872（注文専用ダイヤル） TEL 03-3556-2731（販売部） TEL 03-3556-2735（編集部） URL https://book.mynavi.jp/

イラスト	二ツ家あす
装　幀	太田真央＋ベイブリッジ・スタジオ
フォーマット	ベイブリッジ・スタジオ
ＤＴＰ	富宗治
校　正	株式会社鷗来堂
印刷・製本	中央精版印刷株式会社

●定価はカバーに記載してあります。●乱丁・落丁についてのお問い合わせは、
注文専用ダイヤル（0480-38-6872）、電子メール（sas@mynavi.jp）までお願いいたします。
●本書は、著作権法上の保護を受けています。本書の一部あるいは全部について、著者、発行者の承認を受けずに無断で複写、複製することは禁じられています。
●本書によって生じたいかなる損害についても、著者ならびに株式会社マイナビ出版は責任を負いません。
ⓒ2022 Suta Hatomi ISBN978-4-8399-7820-4
Printed in Japan

プレゼントが当たる! マイナビBOOKS アンケート

本書のご意見・ご感想をお聞かせください。
アンケートにお答えいただいた方の中から抽選でプレゼントを差し上げます。

https://book.mynavi.jp/quest/all

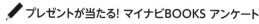

ファン文庫

占い館リヒトミューレ

著者／さとみ桜
イラスト／漣ミリ

悩みがあるのは人間だけじゃない！
現世で生きづらい妖怪たちの悩みを解決する

イケメン占い師・利人と元OL・優凪があやかしも訪れる占いの館を舞台に人間や妖怪の悩みに寄り添い解決する人情ファンタジー